JN084818

「デブは出て行け！」と
追放されたので、
チートスキル【マイホーム】で
異世界生活を満喫します。

登場人物紹介
CHARACTERS
イド
邪竜が人と同じ姿を取った存在。人間不信だが気を許すとツンデレ。
リナ
（江藤《えとう》里《り》奈《な》）
引きこもりだったところを異世界に召喚される。根っからのお人よし。

ライオウ
里奈の使い魔。
力仕事担当。
蓮
里奈の使い魔。
家事担当。
クマ
里奈の使い魔。
スキルの
解説担当。
結《ゆう》城《き》姫《ひめ》乃《の》
元の世界で
里奈を
いじめていた
同級生。
下《しも》柳《やなぎ》勝《かつ》也《や》
里奈や姫乃と
共に召喚された
高校生。

突然、目の前が眩く光り、私は意識を失った。

そして次に目を覚ますと……そこは見知らぬ場所だった。

映画なんかで見る中世のお城に近いかもしれない。奥の方に、王様が座る椅子、玉座がある。その奥の方から手前まで、大きな柱が何本も並んでいた。だけど、二階部分に光を取り込む窓がいくつも備えられていることもあってか、暗いとか狭いって印象はない。ただ、遠巻きに私を取り囲むように、鎧を着た人やなんだか豪勢な格好をしている人達がいて、ちょっと怖い。何ですか、これは？

「おお！　召喚に成功したぞ！」

しょうかん？　ゲームなんかで竜とかを呼び出す召喚のこと？

でも、竜やそれに近い生き物はいないし……みんな、私を見てる。召喚されたのって、もしかして私？

……違う。私だけじゃない。両隣に、というにはちょっと遠いけど、誰かいる。

右隣には日本の学生服を着た茶髪の男子がポカンとした表情で座り込んでいた。そのまま左手に視線を移す。

「っ！」

そこにいる人を見た瞬間、私の心臓が飛び跳ねた。身体が恐怖に震える。

金色に染めた長い髪に、私が通っていた高校の学生服を着た、吊り目の女性……姫《ひめ》ちゃんだ。結《ゆう》城姫乃《きひめの》ちゃん、私の知っている人だった。

「あれ？　あんた里奈《りな》じゃん」

里奈……江藤《えとう》里奈。それが私の名前。

彼女もこの状況に混乱してるみたいだったけど、私の顔を見てニヤリと笑う。反対に、彼女からさっと目を逸《そ》らした私の顔は、青ざめているだろうって自分でも分かる。

「ぷっ……ぎゃははははは！　あんた、メチャクチャデブになってんじゃん！　相変わらず眼鏡だけど、豚じゃん、豚！」

姫ちゃんは私を指さし、腹を抱えて笑い出す。

そう、私は彼女の言う通り、ブクブクに太っているのだ。この姫ちゃんに苛められて引きこもりになったのがそもそもの原因ではあるのだけれど……家から出られなくなった私は、暴飲暴食の日々を過ごしていた。そのせいで以前は痩《や》せていたのだけど、今は体重が九十キロもある。服装は学校のジャージ姿。これがまた恥ずかしさを倍増させていた。なんでこんな格好の時に……って、いつもこんな格好だけど。

私は悔しさと恥ずかしさを抱きながら、俯《うつむ》いたまま姫ちゃんの笑い声を聞いていた。

私達の様子を見て、周囲にいる人達もクスクスと笑い出す。皆私のことを笑っているのだ。恥ずかしい……どんな罰ゲームでこんな場所に？　もうこれまで充分地獄を味わってきたんだから勘弁してほしい。俯《うつむ》いたまま、早く終われと周囲の様子を窺《うかが》う。

隣にいる男子もニヤニヤと笑っていたけれど、ひと段落ついたところで、目の前にいる一番高貴そうな人に声をかけた。

「それより、なんだよここは？」

「おお、すまない。ここはメロディア。私はメロディアの国王じゃ。ここはお前達から見れば別の世界じゃな」

この人が王様だったんだ。でも、それよりもっと気になることがある。彼もそこが気になったようでそのまま聞いてくれた。

「別の世界？」

「ああ。この世界にはお前達の世界とは違い、モンスターと呼ばれる存在がおる」

「モンスターって……ゲームの世界かよ！」

「ゲームというのはよく分からんが……モンスター、という概念自体は通じるのじゃな？　とにかく、そやつらがいるだけでこの世界の土地が痩《や》せ、自然が失われていくのだ。モンスターというのは自然の中にあるマナという物を吸い取って生きておるのでな」

「それで、姫らがここに呼び出された理由は何？　つまんない話だったら、姫、怒るかんね」

姫ちゃんは髪を指先でクルクルしながら王様にそう言った。視線は合わさず、髪を見ながら。突然こんな場所に呼び出されて、彼女だって戸惑っているし、怯えているだけの私と違って、怒っている気がする。

そんな様子に、王様はあたふたし始める。

「お、お前達には頼みがあって召喚をさせてもらったのだ」

「あのさ、まずその召喚ってなんなわけ？　まずはそこから説明してくんない？　このデブにも分かるようにさ」

視線で私を示そうとして、また噴き出す姫ちゃん。皆も笑いそうになってなんとか堪《こら》えているみたいだ。私はまた俯《うつむ》いて、胃痛を感じ始めながら王様の話に耳を傾ける。

「召喚とは、別の世界から人を呼び出す術の事じゃ……そしてお前達を召喚したのは他でもない、そのモンスター達の支配者、魔族王を倒してほしいからじゃ」

「魔族王？　いや、そんなの倒す力なんてねえし」

茶髪の男子は鼻で笑いながらそう言った。

そりゃそうだ。私も姫ちゃんも、そしておそらくこの人も普通の人間。そんな私達に、魔族王だなんて物騒な人を倒すことなんてできやしない。

召喚するなら、もっと強い生物を呼んだ方が良かったんじゃない？　ライオンとかゾウとか。そんなのでモンスターに勝てるとも思えないけど。

「いや、召喚された者は召喚された時、規格外のスキルを与えられると言われておる」

「スキル？　なんだそりゃ？」

「人それぞれに与えられた才能のようなものだ。それを調べるには――」

王様はスッと懐から大きな球を取り出した。占い師が使ってそうな大きな宝玉だ。

「これに触れれば、お前達のスキルを調べることができる」

「ふーん……」

茶髪の男子は少し愉《たの》しそうに、その宝玉に手で触れる。すると宝玉が光り、表面に文字が浮かび上がってきた。

「……【勇者】だとよ」

「【勇者】！　これは間違いなく私達が望んでいたスキルの持ち主！　やはり規格外れの力を有しているか！」

周囲に歓声が響き渡る。それを見た姫ちゃんはニヤッと笑って、男子を押しのけ宝玉に触れる。

「姫はどうなのよ？」

またパッと光る宝玉。浮かび上がった文字を見て、姫ちゃんが口を開く。

「【大魔導】って……どうなの？」

「【大魔導】！　それも凄まじいスキルに違いない！　この二人がいるだけで、世界は救われるぞ！」

「ま、流石姫って感じ？　やっぱヤバいよね〜」

姫ちゃんはその名のとおり、周囲からお姫様扱いされるのが大好きで、学校でもいつも誰かに自分のことを褒めさせていた。誰もかれもが彼女を褒め称えるこの状況は、とても嬉しいに違いない。

まぁこれだけ人から賞賛されて、嬉しくない人はいないか。

「里奈。次はあんたがやりなさいよ」

そう言う姫ちゃんの顔は笑みを浮かべたままだけれど、笑顔の種類はさっきと別だとはっきりわかった。私を蔑《さげす》む顔、学校でよく見た顔だ。彼女にイジメられていた時の記憶が蘇る。その顔を向けられると、今でも逆らうことができなくて……無言で頷き、ひんやりとした宝玉に手を触れた。

二人の時と同じように光を放つ宝玉。文字も同じように浮かび上がった。

……でも……これは……

「で、あんたのスキルはなんだったの？」

「……マ、【マイホーム】……」

「【マイホーム】って、家⁉　何それ！　マジ面白いんだけど‼」

大爆笑する姫ちゃん。これには王様達も大声で笑い、見下すような視線を私に向ける。どうやら大外れのスキルのようで、恥ずかしくて顔が上げられない。

しばらくして、ようやく笑うのを止めた王様達は、会話の続きを始めた。

「まぁ、二人のスキルがあれば問題ないであろう。すまんが、世界を救ってくれまいか？」

「ええ～どうしよっかな～」

髪を指でいじる姫ちゃん。まんざらでもないような顔をしている。

「俺は別にいいぜ。モンスターと戦う勇者って、面白そうだしな。あ、俺は下柳勝也《しもやなぎかつや》。よろしくな」

「姫は結城姫乃。気軽に姫って呼んでくれていいわ。仕方ないから、姫も世界を救ってあげる」

「カツヤにヒメか。いい名だ」

「わ、私は……」

「あ、お前の名前はいいから。外れスキルの豚になんて用はねえよ」

下柳くんがそう言い放つと、また大爆笑が湧き起こる。私は泣き出しそうなのを我慢して、震える声で王様に訴えた。

「わ、私は帰ります。だから今すぐに帰してください……」

「ああ、すまん。召喚は一方通行でな。私の力で帰してやることはできんのだ」

「ええ……？　じゃあ私はこれからどうすれば……？」

「この二人に付いて行って、世界を救って来い。人間が所持している召喚とは逆に、魔族王は他の世界に転移する術を所持していると聞く。戻るには魔族王からその術を奪い、我が物にしなければならない。帰りたかったら二人の役に立ち、その術を手に入れるのだな」

王様は完全に私のことを見下しているようだった。

王様の目の前で私をこれだけバカにする二人……姫ちゃんに至っては、私をイジメていた人なのに、そんな二人について世界を救ってこい？　そんなの……絶対に無理だよ。

「ってかさぁ。里奈みたいな眼鏡デブに付いてこられるの、こっちから願い下げなんですけど。まぁ、前みたいに姫の玩具でいいんだったら傍に置いておいてあげてもいいけどねぇ」

ゾクリと背筋が冷える。学校でのことを思い出す。

嘲笑され、暴力を振るわれ、羞恥に満ちた地獄の日々。

嫌だ。姫ちゃんと一緒にいるだなんて、絶対に嫌だ！

「い、嫌だ……私、嫌だよ」

叫ぼうと思ったけど、震える声で絞り出すのが精いっぱいだった。

「だったらデブは出て行け！　お前なんてこっちから願い下げよ！」

「そうだそうだ！　眼鏡豚はさっさと出て行け！」

「…………」

私を侮辱する姫ちゃんと下柳くん。王様達も二人の後ろで笑っているようだった。

私はいたたまれず、悲しみと恥ずかしさに耐えながらその場を逃げ出した。

外がどうなっているのか分からない。これからどうすればいいのか分からない。

だけど、どんな状況だろうと、姫ちゃん達と一緒に行動するぐらいなら一人の方がマシだ。

その思いのままに城を飛び出したら、大きな町が広がっていた。ぜえぜえ息を吐きながら、周りの人達を見渡す。海外の人みたいな見た目の人ばかりだ。それだけなら日本以外の国かなって感じだけど、武器を持っている人や商人のような人、ゲームでしか見たことのないような人達が当たり前のように歩いている。

本当に、異世界に来たんだ。

これからどうしよう……どこに何があるのかさえ分からない。それに、引きこもっていたせいで人と話をするのが苦手になっているから、人が通りかかっても何も聞けない。まるで迷子の子供だ。何をすればいいのか、どうすればいいのか分からない。

本当に子供だったら、ここで泣いてれば誰かが助けてくれるんだろうけど。

「…………」

私は子供じゃないし、泣いたって誰も助けてくれないのに、涙が溢れてくる。

なんて無責任な王様。なんて意地悪な同級生。なんて辛い現実。

私は……これからこんな世界で、一人で生きていかなければいけないんだ。いや、こんなところ、私一人で生きていけるはずがない。八方塞がりだ。

せめて他の誰かの迷惑にはならないように、と道の脇に寄って涙が止まるのを待っていると、前を横切った親子の会話が耳に入った。

「いいかい、東にある崖には近づいちゃダメだよ。いいね」

「はーい」

お母さんが自分の子供に言い聞かせている。

東にある崖……一体そこに何があるのだろう。不思議とそれが気になって、東を目指すことにした。

どうせやるべきこともやりたいこともない。何気ない会話の中でも子供に言い聞かせるぐらい危険な場所なんだろうけど、もし死んでしまったとしても、それはそれで構わないとすら思ってしまった。だって、こんな場所で一人で生きていく自信もないし。

ため息をついて、町から出る。

町の外は草原だった。緑がどこまでも広がっていて、気持ちのいい風が吹いている。こんな状況でも、ちょっぴり心が癒されるようだった。

「えーっと……東ってこっちだよね？」

ハッキリとした方角は分からないが、さっきのお母さんがこちらの方を指さしていた。だからこっちが東だと思うんだけど……悩んでいても仕方ない。とにかく歩いて行こう。違ったら違ったらでいいや。

そう思って歩き出したところで、早々に足を止めなくちゃいけない事態に遭遇した。遠くの方に、王様が言っていたモンスターらしき姿が見えたのだ。緑色の肌に子供のような身体。顔はまるで鬼のようだ。前の世界のゲームに出てきたゴブリンに近いかな、こっちでもゴブリンって言うんだろうか？

そんなことを考えて恐怖心を紛らわせながら、コソコソ隠れるようにして歩く。ゲームでは序盤の倒しやすい敵であることが多いけど、今の私が見つかったら間違いなく殺される。

だって私のスキルは【マイホーム】なんだから。どんなスキルなのかよく分かってないけど、少なくとも戦闘では全くの役立たずに違いない。そりゃ姫ちゃん達に追い出されるのも仕方ないというものだ。追い出されなくても、姫ちゃんとは一緒にいたくないけれど。

ありがたいことに緑色のモンスターに見つかることなく、私は道を進むことができた。

しかし東って……どこまで行けばいいの？

歩き出して数分、すでに私は息を切らしていた。マラソン選手が大会に出場して完走しきった直後のようだ。引きこもりに運動はキツい。それに体型が体型だからな……自分のお腹をつまんで、うっすらと自嘲の笑みを浮かべる。

引き返そうかな、なんて考えがちらっとよぎるけれど、引き返したところで誰も私を助けてくれないし、他に当てもない。戻ったところで惨めな思いをするだけだ。

結局、私は諦めのような気持ちで、トボトボと道を歩くしかなかった。


「い、いったいどこまで歩けばいいのぉ……？」

数時間後、崖の近くっぽい地形にはなったけれど、崖そのものはまだ現れない。こんなことなら崖なんて目指すんじゃなかった。子供に注意するくらいだから、小さい子でも簡単に行ける距離だと思ってた。

別に強制されたわけじゃないから嫌なら止まればいいのに、ここまでくると一種の意地みたいなもので、私はひたすら足を引きずっていた。でももう無理、もう死にたい、誰か殺して。

少し離れたところに緑色のモンスターがいる。あのモンスターの前に出れば私なんてさくっと殺されるだろう。

「…………」

やっぱり殺されるのは勘弁。死んでもいいと考えていても、殺されるのは嫌だ。

足を引きずり、さらに東を目指す。ようやく、崖らしきものが見えて来た。

「崖だ……！」

妙な達成感を覚え、私はドバドバ涙と汗を流しながら、最後の力を振り絞って崖まで走った。

そのまま崖の下を見下ろす。黒い霧がかかっていて底が見えない。禍々しい雰囲気だ。なるほど、確かにこれは近づい達ゃダメだ、と肌で感じる。

しばらく立ち止まって眺めていたら、達成感と替わるように徒労感が押し寄せて来た。

「こんなところまで来ておいて、危険を確認して終わり？」

無意識に言葉を漏らす。何時間も歩いて来て、結果がこれでは救われない。そもそも、なんでこんなところが気になって、ここまで来ちゃったんだろう？

一度疑問が浮かぶと、全て悪い方に考え始めてしまう。なんか、全然いいことがないなぁ。いつから私の人生、こんなになっちゃったんだろ。涙がこぼれる。さっきから泣いてばっかりだ。

――この崖から落ちて、人生を終わらせてみるのも悪くないかも。

この世界に来てからちらついていた『死』という未来が、さっきより具体的な選択肢として頭に浮かぶ。

「……いやいや、やっぱり死ぬわけにはいかないや。折角お父さんとお母さんにもらった命なのに」

こんなところにいるから馬鹿なことを考えてしまうのだと、踵を返しこの場を立ち去ろうとした。

しかし、その瞬間、私の足元の地面が崩れ落ちた――崖の一部が崩れて、落下してしまったのだ。

ああ、これは死んじゃうな。

走馬灯の代わりにそんな諦めを抱きながら、私は黒い谷底へと吸い込まれていった。

＊　＊　＊

谷底、黒荒地《くろあれち》と呼ばれるその場所には、黒いドラゴンがいた。

夜の如く黒い鱗に鮮血のような紅い瞳。生きとし生ける者全てが畏怖の念を抱くほどの巨体に鋭い爪。尻尾は大木のように太く長い。右前足には龍の鱗で作られた二対の腕輪がある。

そんなドラゴンは今、黒い霧がかかった荒地で、一人身体を丸めていた。

彼は孤独なのだ。これまでずっと独りで生きてきた。孤独は彼の心を氷のように冷たく、強くした。

独りでも生きていけるように。独りでも誰にも負けないように。独りでも涙を流さないように。

ずっと独りだったドラゴンは強くなり続け、いつしか邪龍などと呼ばれるようになっていた。

邪龍ヴォイドドラゴン――それが今の彼の名前だった。

ヴォイドドラゴンは、まどろみながら思考する。

これまでも、そしてこれからも独りで生きていく。自分以外の他の誰かなんて必要じゃない。

邪魔なだけだ。自分は全ての生物から忌避される運命にある。だから何もいらない。強さ以外は何もいらない……

そんな彼の頭上から、何かが降ってくるのが見えた。霧のかかった空を見上げ、禍々しい瞳を細めてその正体を視認する。

それは人間であった。この世界では珍しく眼鏡をかけ、平均よりも酷く肥えた人間だ。

崖から転落したのか……

ヴォイドドラゴンは空から落ちるその人間を見上げた。そのままそ墜落死するまで捨て置くか、死ぬ前に食らって一時の腹の足しにするか、普段であればその程度の選択しかなかった。

――だから、この時の彼の行動を、彼自身でさえ当時は理解できなかった。

あの子を助けるんだと心が叫び、何か考えるより先に翼を広げた。

それはきっと運命だったのだろう。空から落ちる人間――里奈とヴォイドドラゴンは出逢う運命にあったのだ。その運命がヴォイドドラゴンの背中を押す。

ヴォイドドラゴンは里奈の落下地点へと急いだ。そして衝撃を与えないよう、赤ん坊に触れるように柔らかく優しく、背中に彼女の体を乗せる。

「…………」

怪我はない。だが意識もない。このまま放っておけば、彼女は死んでしまうであろう。この黒い霧は人間が『瘴気』と呼ぶもので、人間が瘴気のある場所に何の対処もなく入り込めばすぐに死んでしまうと彼は知っていた。

この人間を死なせないですむ方法は二つある。

一つは自分が空気の新鮮な場所まで運んでやること。

そしてもう一つは、自分の血を分け与えること。龍の血を飲んだ者には力が与えられる。それが邪龍の血となれば、こんな瘴気ぐらい問題ないぐらいには身体が強くなるはずだ。

それらを当たり前のように検討している自分に気づいて、ヴォイドドラゴンは自分自身を嘲笑う。

「……人間に自分の血を分け与えるのか？　馬鹿馬鹿しい」

自分の背中から里奈を下ろし、彼女を地面に寝そべらせる。そのまま里奈に背中を向け、その場で眠りにつこうとした。しかし、背後で横たわる里奈のことがどうしても気になり、彼女の方を振り向く。

「人間なんて、どうでもいいっていうのに……なんでこいつに限って……」

だがそこでヴォイドドラゴンは気づく。

彼女は――俺だと。

誰にも助けられず、こんな黒い世界で孤独に死んでいこうとしているその姿は、強くなることが出来なかった場合に自分に待ち受けていた末路そのものじゃないか。

いつかどこかで誰かが言っていたことを思い出す。

『優しくしてもらいたいなら、優しくしなさい』

周りを気に掛けることなく孤独に生きてきたから、誰が言ったのかは思い出せない。だけど何故か、その言葉は心に突き刺さったままだ。いつもは忘れているのに、ふとした時にこうして思い出す。今までは、優しくしたぐらいで優しくなんてしてもらえるはずがないと、その言葉が脳裏をよぎるたびに思っていた。

「……だけど」

もしも、その言葉が本当だったら？

ヴォイドドラゴンは自分の指先を爪で傷つけた。数滴滴る赤い血を、里奈の口元に垂らす。里奈は意識のないまま、それをゴクリと飲み込む。熱にうなされるようだった表情が、一気に快方へと向かっていく。ヴォイドドラゴンはその様子を無言で見下ろしていた。

そうしていると、ゆっくりと里奈の目が開く。

「ん……」

里奈は目を開き、自分の目の前に立つヴォイドドラゴンの姿に顔面蒼白となった。

「え……ええええっ⁉」

悲鳴に近い声をあげて、両腕で自分自身を抱きしめるようにして、ガタガタ震え始める。

また同じか……誰もがそうだ。自分のことを怖がるんだ。誰もが、俺を忌み嫌うんだ。

そう考え、ズキンと心に痛みを覚えるヴォイドドラゴン。

しかし、里奈は違った。腕に触れたことで傷がないことに気づいたのだろう、はっとした顔をした後に、ヴォイドドラゴンの顔と翼を見て、その身体の震えを止めたのだ。

「あの……もしかして、貴方が助けてくれたんですか？」

「………………」

「……ありがとうございます。おかげさまで死なずにすみました」

里奈の真っ直ぐな笑顔。それはヴォイドドラゴンが初めて見る、優しい光景であった。

黒い大地で、白く輝くその笑顔に、ヴォイドドラゴンは照れ臭くなり、里奈から赤い瞳を逸《そ》らすのであった。

＊＊＊

崖から落ちる途中で、私は気を失っていたようだ。

そして目を覚ますと、目の前には大きく恐ろしい真っ黒なドラゴンがいた。とても怖い。だけど……少しだけ寂しそうな目をしている。

「…………」

このドラゴンが助けてくれたんだと判断してお礼を言ったけど、そっぽを向くだけで反応はない。いや、そもそも人間の言葉を理解できなくても不思議はない。

多分、私を助けてくれたのは、気まぐれとか、自分の住処に死体が増えたら嫌だとか、それくらいの理由だったんだろう。私は肩を落とし、この場を去ることにした。

それでも助けてくれたことに感謝し、私は大きく龍に向かって頭を下げる。そして私は踵を返して歩き出した。助けてくれた時に何かしてくれたのか、体が軽い。

「……おい」

「うえっ!?」

ズレ落ちそうになる眼鏡。私はアワアワと眼鏡を押さえて振り返る。

なんと竜が、人間の言葉を喋ったのだ。

いや、もしかしたらこの世界では常識なのかもしれない。さっき遠目に見たモンスターも人間の言葉を話すのかもしれないな。

「な、なんでしょう？」

「……お前は、俺が怖くないのか？」

「怖くない……と言ったら嘘になるけど、でも龍さんは優しいですから」

「…………」

何も言わずに私を見下ろす龍さん。私もまた、無言で龍さんを見上げていた。

意外となんとか会話できているな。姫ちゃん達とはまともに喋れなかったのに。

「……お前、俺が人間の姿の方が話しやすいか？」

「え？　はぁ……見上げているのも首が疲れますからね」

「そうか」

それだけ言うと、龍さんの身体が真っ黒な霧のような物に包まれる。周囲を漂う霧なんかよりもさらに黒い色だ。

そして霧が晴れると――そこにあった龍さんの姿がなくなっていた。

「あれ？　どこに行ったんだろ……」

「おい、こっちだ」

龍さんの声だ。だけどさっきまでより小さくなったような……？

声の方に目を向ける。見上げていた視線をぐっと下げると、そこにはなんと、黒髪の美青年がいた！

「うわぁ……」

サラサラの黒髪に炎のような赤い瞳。背は高く、体は細身だが筋肉質のようで、彼の肉体からは無駄という概念を感じ取れない。右手には、龍の姿の時にもあった腕輪が二つある。海外俳優みたいにカッコイイ姿のその人は、何故か私を睨んでいるけど、悪意は含まれていない気がする。

この人……もしかして龍さん？

「え？　龍さんですか？」

「だったらなんだってんだよ？　悪いか？」

「い、いえ……悪くありません」

私にとっては何も悪くないけど、彼は機嫌が悪そう？　私がいるだけで、イラつかせているのかな……？　私は視線を落とし、深くため息をつく。

「お、おい。なんで落ち込んでんだよ!?」

「だって龍さん、怒ってるじゃないですか」

「怒ってる!?　そんなつもりはねえ、俺は怒っちゃいねえよ！」

ほんのり顔を赤くして龍さんは怒鳴った。

怒ってないなら、もっと静かに言ってくれればいいのに。

「後、お前。敬語は使わなくていい。普通に喋れ」

「あ、はい……じゃなかった、うん」

「………」

「あの、ありがとね、龍さん。私のことを助けてくれて」

「別に……どうってことねえよ。大したことはやってねえんだから。あと、龍さんは止めろ」

「でも、名前知らないし……」

龍さんは嘆息し、腕を組んで口を開いた。

「俺はヴォイドドラゴンだ」

「…………」

「なんだ？」

率直な感想を言っていいのかな。いいよね、お世辞を言ったり誤魔化したりした方が怒りそう。

「いや、長いなって」

「長くて悪かったな！　じゃあ、お前の名前はなんて言うんだよ！」

「私は江藤里奈」

ヴォイドドラゴンさん……いや、ヴォイドドラゴン、でいいや……は私の名前を聞いて鼻で笑った。え？　そんなにおかしい名前かな？

「なんだよ、お前だって名前長いじゃねえか！」

「ヴォイドドラゴンより短いと思うけどな……それに私の名前は里奈だし。江藤は苗字だよ」

「み、苗字……？　なんだそれ？」

ああ、苗字を知らないんだ。この世界には苗字が無いのかな？　それとも、この人が苗字を知らないだけなのかな？

「んー。家族の名前？　みたいな感じかな」

「家族の名前……？」

「うん。一緒の家で暮らしている人同士が名乗るもう一つの名前だよ」

「そうなのか……お前――リナ」

ほんのり頬を紅潮させるヴォイドドラゴン。

「？」

「リ、リナは、どこに住んでんだ？　どうしてここに落ちて来た？」

ここに落ちて来た理由。落ちるまでにあったこと。それを思い出した瞬間、ポロリと涙が零れた。

「お、おい！　なんで泣いてるんだよ！　俺、何か言ったか？」

「ううん……ヴォイドドラゴンは何も悪い事言ってないよ」

「だったら泣くんじゃねえよ！　おい、泣くなって」

ヴォイドドラゴンは、泣いている私の視界でも理解できるほど分かりやすく慌てた後、おずおずと私の頭に手を伸ばしてくる。そのままポンポンと私の頭を撫でてくれた。その手はとても暖かくて、私にとって、久々の他人の優しさだった。

オドオドする彼に、私はこれまでのことをポツリポツリと説明した。すると彼は激しい怒りを露わにし、天を睨み付ける。そう思ったら、今度は寂しさに満ちた顔で私を見た。

「……お前も俺と一緒なんだな」

「一緒？」

「ああ。皆からのけ者にされて、虐げられて……辛い者同士だな」

ヴォイドドラゴンも、好きで此処に一人でいるわけじゃなくて、のけ者にされて此処にいる……？

そうだとしたら、もしかして『ヴォイドドラゴン』って名前、この人の名前じゃなくて種族名か何かじゃないかな？

私は涙を拭き、彼の名前について思案した。本人は気にしてないみたいだけど、種族名で呼ぶのはなんとなく寂しい。長いなら短くしたらいいって理由もある。

「似た者同士だね、私達。ね、イド」

「……イド？」

「うん。私が呼ぶあなたの名前。愛称とかニックネームって言ってね、仲良くしたい人の名前が長いときは、短くして呼ぶことがあるんだよ」

姫ちゃんみたいに、もう絶対に仲良くなれないってなっても昔の癖が残っちゃうこともあるけど……ううん、姫ちゃんのことは今は考えない！

私が笑顔でそう言うと、イドは首を傾げながらも、頬を赤く染めているようだった。怖い見た目なのに……なんだかふとした仕草が可愛いな、イドって。

私は一度クスリと笑い、それから周囲を見渡す。ここは空気が悪い。黒い霧の所為でどこに何があるのか分からないし、なんだか変な匂いもするしでこんなところにいたら体調が悪くなりそう。

「ねえ、別の場所に行かない？　ちょっと空気が悪すぎるからさ……」

「お前は大丈夫だ」

「大丈夫って……なんで？」

「俺の血を分けてやったんだ。もうこの程度の空気ぐらいどうってことねえよ」

「ふ、ふーん……？」

よく分かんないけど大丈夫なんだ。ここにずっといたっぽいイドがそう言うなら大丈夫なんだよね。

「分かった。じゃあ気にしないようにするよ」

でもこの匂いだけはどうにかならないものかな……腐ったような匂いがしてちょっとキツい。

「……あ」

私はそこで、自分にスキルというものがあるのを思い出した。

【マイホーム】。それが本当にあるとしたら……まぁ普通に考えて家だよね。家の中なら、この匂いもやり過ごせるんじゃないだろうか。しかしどうやって使えばいいんだろ。もしかしたらイドが何か知ってるかもしれないな。よし、聞いてみよう。

「ねえイド。スキルってどうやって使えばいいのかな？」

「スキルだぁ？　そんなの、こう、バンッ、って使えばいいだろうが」

イドは右手を前に突き出してそんなことを言う。

私は彼と同じように右手を突き出し、試してみる。

「バ、バァン！」

「………………」

何も発動しない。何も起こらない。

やっぱり【マイホーム】なんてスキルないんじゃないの？

項垂《うなだ》れて苦笑いを浮かべる私に、イドが少し慌てた様子で言ってくる。

「お、落ち込むんじゃねえよ！　俺の教え方が悪かった……お前は悪くねえからな！」

怒鳴るような口調で優しいことを言ってくれるイド。

イドの優しさに胸がキュンとする。こんな風に私を気にしてくれる人がいるんだ。あ、人ではないか。まぁどちらにしても、私のことを気にしてくれてるんだな。嬉しい。

「まず、お前のスキルはなんだ？」

「【マイホーム】……」

「なんだそりゃ？　聞いたことねえな……じゃあとりあえず、そのスキル名を唱えてみろよ。それでだいたい発動すること多いし」

「そうなの？」

「多分だけどな。人間のスキルに関してはそこまで知ってるわけじゃねえが、戦ったことがある奴はスキル名を叫んでたような気がする」

「そっか……よーし」

私は深呼吸し、右手を突き出し、そして大声で叫ぶ。

「【マイホーム】！」

すると突き出した右手の先に、ボンッと大きな一軒家が出現した。

まるで魔法だ。おとぎ話に出てくるような、不思議な力。

「おおっ……」

私とイドは感嘆の声を上げ、出現した家を見上げていた。

それは白をベースにした鉄骨二階建てで、玄関は元の世界でよくある細長いプッシュハンドルと呼ばれる物がついている。幾つもの窓が備え付けられており、屋根は瓦でできているようだ。

うん。この世界には似つかわしくない建物。どう考えても別世界の家にしか見えない。だけど私から見れば、見慣れた一軒家だ。

元の世界ではどこにでもあるような物で、この世界にはどこにもなさそうな物。

玄関の扉を開くと土間があり、靴を脱いで入るスタイルになっている。家は日本風の作りになっているのか……私の『家といったらこういうもの』ってイメージなんかが投影されてたりするのかな？　あまり難しく考えても仕方ないし、深く考えるのは止めておこう。

玄関の先には廊下が伸びており、右手に二階へと続く階段がある。

廊下の左手にドアが二つ。正面にドアが一つ。階段の下にドアが一つある。

「ここで靴脱いで」

「あ？　ああ……」

私はもちろん、人間の姿になっていたイドも靴を履いていた。それを脱いでもらい、一緒に中へと足を踏み入れる。

扉が閉じられたことにより、嫌な臭いが遮断された。ああ、良かった。ここなら匂いも気にせずにすみそう。

一番の心配事が片付いたので、早速家の中を見て回ることにした。まずは左手手前の扉。そこは六畳ほどの部屋で、物は何も置いていない。クローゼットがあり、玄関に面した方向に窓ガラスが設置されていて、外の景色を眺めることができる。

しかし外は霧かかっていて、とてもじゃないが景色がいいとは言い難い。むしろ最低といってもいい。

次に奥の左手の扉。そこを開くと、十二畳ほどの部屋。こちらにも窓ガラスが設置されていて、広々とした空間に私はワクワクする。

「凄く広い……一人暮らしだったら持て余しちゃうよ」

「……これで広いのか？」

「広いよ！　だって私が住んでた部屋は、隣の部屋ぐらいだったんだよ。それなのにここは倍ぐらい広いんだから、ずいぶん広いと思わない？」

「ま、まぁ、倍になりゃ広いんじゃねえの？」

「だよね」

私が笑顔を向けると、イドはプイと顔を逸《そ》らす。

やっぱりイドも姫ちゃん達と同じで、このスキル外れスキルだなって思ってたり、そもそも私と一緒にいるのが嫌だったりする……？　って、ダメダメ！　イドはそんな人じゃないはず！　イドは優しい人のはずだから、姫ちゃん達と一緒にしたらダメだ。

気を取り直して、続きを見ていくことにした。階段下にある扉の中は……トイレだ。それも水洗便所。タンクレストイレ。トイレの音消し付き！　これは言うことなしだよ。あまりの至れり尽くせりぶりに私は感動を覚える。

感激したまま、次は正面のドアを開いた。

すると中には、ぬいぐるみのような物が地面に立っており、私を見るなりお辞儀をしてきた。

「お帰りなさい、リナ様」

「……ど、どなたでしょうか？」

白い熊のぬいぐるみのような外見。でも背中には天使の翼が生えており、暖かそうなマフラーを首に巻いている。

その子はパタパタとその翼を動かし、私の足元へと移動してきた。

まず言葉を喋ったことに驚き、そして動いたことに二度驚く私。この子は……？

「初めましてリナ様。僕の名前は……まだ無いからつけてくれないかな？」

「は、はぁ……」

表情の変化は少ないが、身体全体で意思を伝えるように動かしている。見た目は可愛いし、悪い子じゃなさそう。

「なんだてめえは？」

だがイドは怪訝そうな顔つきで、その子を足先でツンツンする。

「僕は【マイホーム】のことをリナ様に説明するために生まれた存在。まぁ簡単に言えばリナ様のサポーターだね」

「サポーター……？」

まるで【マイホーム】ってスキルには家が手に入る他にも何かありそうな口ぶりだ。もしもそうなら、説明があったらずいぶん助かるな。

「じゃあ、熊のぬいぐるみっぽいから……クマ！」

「ありがとう、リナ様」

ペコリと頭を下げるクマ。その姿がとても可愛らしくて、私はほっこりする。

イドはまだ警戒しているのか、部屋に入って少し距離を取っていた。

この部屋はどうやらリビングのようで、お金持ちの家のような広々とした空間になっていた。綺麗で清潔そうなキッチンもある。

「早速だけど説明をするね。この【マイホーム】はリナ様の幸福度が高まること、そしてリナ様が善行を積む事によってレベルが上がるようになっているよ」

「ちょ、ちょっと待って……幸福度？」

「うん。幸福度」

幸福度って……幸せを感じる度合いってこと？　それにレベルって何？　能力が強くなるのかな？

「現在の【マイホーム】のレベルは1……どうやらずいぶん幸福度が低いんだね」

「あはは……まぁ引きこもってたし、この世界に来て絶望してたしね」

そりゃ低くて当然。レベルが低いのも頷ける。

「レベルが上がったらどうなるのかな？」

「レベルが上がれば、この【マイホーム】でできることも増えていくよ」

「へー……ちょっと面白そうだね。ちなみに、今はどんなことができるの？」

するとクマはキッチンの方へとパタパタと飛んで行き、銀色のタブレットを持ってこちらに戻って来る。……え？　タブレット？

「このタブレットは【マイホーム】と連動しているから、何ができるのかはこれを確認した方が分かりやすいと思うよ」

可愛らしい、声変わりする前の少年のような声でそう説明してくれるクマ。私は手渡されたタブレットを確認してみる。

マイホーム　レベル1
機能　空気清浄Ⅰ

「……空気清浄？　これだけ？」

「それだけみたいだね」

空気清浄だけか……と一瞬落ち込むも、中の空気がこんなに綺麗なのはこの機能のおかげなのかと納得する。外の黒い霧を遮断してるんだ。

「おい……そりゃなんだよ？」

「これはタブレットって言って……私が来た世界のオモチャみたいなものかな？」

オモチャではないけど、説明がややこしい。私は基本的にゲームに使ってたから、間違ってもいないよね？　他にどんなアプリがインストールされているのか確認したら、現在のレベルを確認できる『レベル』というものしか、画面には表示されていない。

「まぁ、家があるだけマシか。野宿しなくてすみそうだし」

私が笑顔でそう言うと、イドは首を傾げて口を開く。

「なんでそんな笑ってんだよ。人間の常識はよく分からねえが、少なくとも今の状況は、お前にとってよくはねえんだろ？」

「んー……でも、イドもクマもいるし、独りじゃないもん。独りじゃないってだけで幸せじゃない？」

「…………」

キョトンとするイド。

これまで私は引きこもりで友達もいなくて……本当に寂しい生活をしていた。家族と会話はしていたがそれだけ。誰か話をする人がいるだけで幸せだったんだろうけど……こうやって家族以外の人と話ができるのが嬉しい。あっそういえばお父さんとお母さん……いきなり私がいなくなって心配してるだろうな……そこだけは後悔だし未練ではある。だから、『よくはねえ』ってイドの言葉は正しくて、でもそのうえで、私にとって最悪の状況ではない。

そういえば、イドとはもう普通に話ができる。元々は人と会話をするのが好きだったし、それに彼が優しい心の持ち主だということを分かっているからだろう。

「俺も……ここにいれば独りじゃねえってことか」

「うん。イドがいるから私は独りじゃないし、私がいるからイドは独りじゃないよ。二人一緒なら寂しくないよね」

「そ、そうか……」

イドは驚いたような、嬉しいような、複雑な表情をしていた。私は少し不安になり、イドの顔を覗き込んだ。

「私と一緒じゃ嫌？」

そりゃ私は眼鏡で太っていて可愛くないし……こんな女といても嬉しくはないか。

少し私が落ち込むと、イドは腕を組んで顔を逸《そ》らす。

「お、お前がいて……嬉しくないことないんだからな！」

「へ？」

これは……ツンデレ？　しかし、ツンの部分が少ないように思える。可愛い……デレ要素の方が強いイドは可愛いよ。デレが強いから、これは表現するならツンデレデレだ。

イドの新たな一面に、私は感動を覚えていた。胸がポカポカしてほっこりする。なんだか友達の知らなかった顔を知れたみたいで嬉しいなぁ。

するると、クマの目がピコーンと光る。

「リナ様」

「ん？　どうしたの？」

「【マイホーム】のレベルが二になったよ」

「え……？　レベルが上がったの!?」

いきなりのことに唖然としつつも、嬉しさに胸を踊らせタブレットを確認してみる。

マイホーム　レベル2

機能　空気清浄Ⅱ　身体能力強化Ⅰ　ショップⅠ

「おお……『身体能力強化』というのと『ショップ』というのが追加されてるよ！」

「なんだそりゃ？」

「これはね……なんなの、クマ？」

イドが私に訊いてくるが、当然のように答えられない私。クマは可愛らしい声で私達に説明してくれる。

「『身体能力強化』はそのままの意味で、リナ様の身体能力が上昇するよ。『ショップ』はまぁいわゆるネットショッピングが可能になる機能だね」

「へー！　ネットショッピングができるんだぁ。凄い便利だね」

まさか異世界に来てネットショッピングができるだなんて、嘘みたい。タブレットにも『ショップ』のアプリが追加されている。

試しに『ショップ』のアプリを立ち上げてみると、世界的に有名なネットショップに似た画面が表示された。商品はというと、日常品などを購入できるみたいだ。歯ブラシや石鹸にシャンプー、他にはティッシュなど、生活必需品がごまんと並んでいる。

「これは便利だね。本当にありがたいよ」

「で、それはなんなんだ？」

「これを使うだけで買い物ができるんだよ」

「？　買い物って……どうやって買うんだ？　意味が分かんねえ」

多分この世界にインターネットはないし、万一あったとしてもイドは絶対に知らない。ネットを知らない人にネットショッピングを説明するのは難しいな……なんて説明すればいいんだろ。

「んとね……人と会わなくてもこれで注文するだけで商品がここに届くんだよ。難しいことは分からないけど、とにかく商品が届くの」

「……やっぱ意味分かんねえよ」

頭をかくイド。まぁ一度買っているところを見せた方が早いな。

ということで、私は早速ネットショッピングで買い物をすることにした。

「これとこれと……後はこれも必要だよね」

タブレットを操作し、必要な物を買い物かごに入れていく。今までの人生でこれほどまでに爆買いをしたことがあるだろうか？　私はウキウキしながらタブレットで注文をしていく。

「これで合計いくらだろ……って、お金はどうするの⁉」

　ここで大事なことを思い出す。

　そうだ……お金はどうすればいいんだ？　購入画面を確認してみると、やはりお金は請求されている。そりゃタダってわけないよね。私は苦笑いし、クマの方を見る。

「買い物はこの世界の通貨でできるよ」

「この世界のお金か……イドはいくら持ってるの？」

「俺⁉　持ってるわけねえだろ。俺はドラゴンだ。人間の通貨なんて興味もねえし必要ねえんだよ」

「そっか……そうだよね」

　私は腕を組んで頭を傾ける。

「うーん……お金はどうやって稼げばいいんだろ？」

「方法としてはいくつかあるよ。一つは純粋にこの世界で労働すること」

「うん。いきなりハードルが高すぎる。人のいる場所まで帰る方法ないし、帰ったところで働かせてもらえないよ」

「他には、モンスターを狩ってお金を稼ぐ方法があるね」

「うん。それはもっと不可能だよ。だって私戦えないし」

「俺がいるだろうが」

「え？」

当たり前のように指摘してきたイドの方を見れば、彼は照れくさそうに言う。

「お、お前が戦えないってのなら、俺が戦ってやる。モンスター倒すぐらい、俺から言わせりゃ朝飯前だからな」

「そ、そうなんだ……でも、イドにそんなことやってもらうのは悪いよ」

「べ、別に悪くねえよ……」

「でも……」

申し訳なさに私がシュンとしていると、イドは声を荒げる。

「お、お前のためにやってやるって言ってんだよ！」

「イド……」

イドの優しさにうっかり泣きそうになる。こんないい人、今まで見たことない。自分になんのメリットもないのに助けてくれるなんて、底なしの善人だ、イドは。

「ありがとう、イド」

「か、勘違いするなよな！　お礼を言われたいためにやるんじゃねえんだからな！」

それは分かっています。本当に素晴らしい人だと分かっています。だから大感謝。嬉しくて嬉しくて涙が出ちゃう。

「じゃあ私もイドのためにできることをするね」

「あ、ああ？」

「だってそうでしょ？　イドが私に優しくしてくれてるんだから、私もイドの優しさにお返しがしたい。でも……本当は理由なんて必要ないの。私、純粋にイドが喜ぶ顔が見たいんだ」

「っ……」

イドは不意に、私から顔を逸《そ》らす。逸《そ》らしたかと思うと、肩を震わせていた。

「……イド？」

「な、なんでもねえよ！　とにかく、明日から俺がお前の代わりに狩りをやってやる！　いいな⁉」

「うん！　私もイドにしてあげられることはなんでもやってあげるね！」

「……おお」

イドは顔を逸《そ》らしたまま、ガラス戸から外を眺めていた。

外は既に真っ暗だ。黒い霧がかかっているからなのか、夜だからなのかは分からない。だけどイドが明日からって言っているから、夜なのだろう。もう遅い時間だから戦いにいけないというわけだ。

「じゃあこれからよろしくね、イド」

「おお……よろしく」

私が手を差し伸べると、彼は照れくさそうに私の手を握り返してくれる。

姫ちゃんと再会した時は地獄にでも来た気分だったけど、今はなんだかワクワクが止まらない。

きっと明日からは、楽しい生活が待っているはず。イドの横顔を見て、そんな確信が胸の中で咲き始めていた。

「……あれ？　……あれ？　……あれぇ!?」

朝、私はリビングで目を覚ました。少し離れたところで寝ているイドが私の驚く声で目を覚ます。

「ああ？　どしたんだよ？」

「かかか、顔が……痩《や》せてる……いや、顔だけじゃなくて体全部痩《や》せちゃってる！」

引きこもり生活のせいでぶくぶく太っていた私の身体が痩《や》せているではないか。スタイルがいいとは言い難いが、それでも完全に痩《や》せている。

寝て起きただけなのに……なんで？

「なんで痩《や》せてるの……それに、目が見える」

これは引きこもりとは関係なく、私は元々視力が低い。眼鏡が無かったら家のトイレにもいけない程だ。なのに眼鏡なしで少し離れた距離にいるイドの表情が分かる。あ、寝起きのイドもカッコいい。……なんて考えている場合じゃない。なんでこんなに目が見えるの？

「どうなってるのこれ？　異世界効果？　異世界にはそんな効果があるの？」

驚いてばかりの私に、イドがあくびをしながら答える。

「そりゃ俺の血を飲んだからだろうが」

「……え？　血を飲んだ？　そういえば昨日もそんなこと言ってたね、私にそんな記憶ないんだけど」

「お前は気を失ってたからな……瘴気で死ぬ寸前だったんだぜ。だから俺の血を飲ませて助けたんだよ。龍の血を飲めば身体が強くなるからな」

「へ、へー……改めて、助けてくれて本当にありがとう、イド」

私がペコリと頭を下げるとイドは分かりやすく照れていた。本当いい人だな、イドは。

「とにかくだ！　龍の血を飲んだから身体がいい状態に保たれて、視力も回復したんだろうな」

「そっか……そうだったんだ」

イドの血は凄いんだ。こんなに痩《や》せられるなら、ダイエット効果のある薬として売り出せばお金も稼げそうだよね。世界中の人達が言い値で買ってくれそうな予感。イドに血を出させなきゃいけないからそんな計画は絶対遂行しないけど。

「イド、痛くなかった？　血を出してくれたんだよね」

「痛くなんかねえよ。そんなくだらねえこと気にしてんじゃねえ」

「……うん。ありがとう」

もう一度イドにお礼を言う。とうとう耐えれなくなったのか、イドは私から背中を向けてしまったけど、耳が真っ赤になっている。やっぱり分かりやすく照れてるんだよなぁ。

……うん、昨日は嫌われたかなって思ったけど、イドが顔を逸《そ》らすの、大体照れてる時だ。

「おはよう、リナ様。イド」

「おはよう、クマ」

元気に私達に挨拶をしてくるクマ。私は一度伸びをし、硬くなった身体をゆっくりとほぐす。

リビングで布団も無い状態で眠っていたから、少し体が痛い。でも……

「昨日までは身体が重たかったけど、今はすごく軽いよ。これもイドのおかげだね」

「お、お前のためにやっただけなんだからな！　気にすんなって言ってるだろ！」

出た。もうツンデレの形すら保ってない。カッコいいのに可愛い。そこがイドのいいところ。

「ねえクマ。モンスターを狩って、どうやってお金を稼ぐの？」

クマは私の視線まで浮いて話す。

「モンスターを倒すと、【モンスターの心臓】という物が手に入るんだ」

「うえっ!?　し、心臓……？」

なんだか物騒だな。でも狩りだって言っているんだし、心臓なんて単語が出てくるのは当然かな？

「そ、その心臓を取って来たらいいの？」

「うん。そうだよ」

「なるほど……」

私はチラッとイドの方を見る。狩りはイドがやってくれるとは言っていたけど……少しぐらいは私もやった方がいいよね。

「あの、私も狩りをやるよ」

「ああ？　別にお前はやらなくてもいいんだよ」

「でもさ、何かしないと、今までとなんにも変わらないから」

ずっと引きこもりだった一昨日までと何も変わらない。家の中でネットしてゲームして、ただそれだけの意味のない毎日。もうあんな日々は嫌だ。イドも優しいしクマだって親切だし。ここで変わらないと私はいつまで経っても変われない。

変わろう。

イドに血を分けてもらって身体が変わったように、自分の人生も変化させるんだ。

「私、自分の人生を変えたいんだ。だから私にも狩りのやり方を教えて」

「……分かった。危なかったら俺が守ってやる。だからお前は安心してモンスターと戦ってみろ」

「イド……ありがとう」

私はイドとクマに笑顔を向ける。きっと大丈夫だ。私は……きっと変われる。この環境は、私が変わるために神様が用意してくれた物なんだ。そう考えて、前向きに生きていこう。

「ところで、武器なんかは必要ないのかな？」

「武器？　モンスターなんて素手で十分に決まってんだろ」

「そうなんだ……そうなの？」

私はイドの言葉に疑問を感じ、クマの方に視線を向けてみた。するとクマは曖昧なことを言い出す。

「いけるような気もするし、いけないような気もするね」

「危ないかもしれないってこと⁉　私大丈夫かな？」

そりゃ、完全に安全なわけはないと思っていたけど、微妙な言い回しをされると怖くなってくる。

再びイドの方を見ると、イドはため息をついてハッキリと言い切った。

「グダグダ心配してんじゃねえよ。お前のことは俺が命に代えても守ってやる。だから安心しろ」

「う、うん……」

イドがそう言うのなら大丈夫なはずだ。私はイドに笑みを向け、家の外に出るべく玄関まで移動した。この先は瘴気の広がる空間だ。深呼吸し、玄関の扉を開く。

「……あれ？」

外の空気が綺麗だ。黒い霧がこの家を中心に晴れている。

「……どうなってるの？」

少し離れた場所はまだ霧がかかって汚いのに……家の周囲はキラキラと輝いているようにすら見える。

え？　なんでこんなことになってるの？

「これは『空気清浄』のレベルが上昇したからだろうね」

「『空気清浄』……家の外まで綺麗にしてるってこと？」

「うん。そういうこと」

パタパタ浮きながらクマはそう説明してくれた。

そっか……【マイホーム】はそんなに凄いんだ。このままレベルが上がっていったら、周囲一帯綺麗にできるのかな？　やっぱり汚いよりも綺麗な方がいいよね？　ゴミ屋敷より清潔な家に住みたいと思うのが普通だよね？

うん。ここを綺麗にしよう。まだここで暮らしていくかどうかは定かではないけれど、住んでいる場所はとりあえず綺麗にしたい。私は目を輝かせて周囲を見渡す。

「待っててよー。綺麗にするからね！」

「誰に言ってんだよ」

「んん～分かんない！」

イドは少し呆れている様子だが、クスリと笑ってくれた。

「じゃあ行くか。この辺のモンスターはお前じゃ手に負えないだろうからな。もう少し程度の低い所に連れて行ってやるよ」

「あ、ありがとう……でも、どうやって？」

「ああ？　そんなの決まってんだろ――」

イドの身体が黒く輝く。

その闇のような黒が大きく広がりを見せたかと思うと――イドの身体はドラゴンの姿に変化していた。

「こうやってだよ！」

「わわわ！」

イドが私をひょいっと持ち上げ背中に乗せる。そして大きく羽ばたき、上昇していく。

「いってらっしゃーい」

「いいい、行ってきまーす！」

一瞬でポツンと豆粒みたいになってしまう我が家とクマ。

イドは凄い速度で上昇し、そして飛翔する。

「……あれ？」

だけど不思議なことに、イドの背中から振り落とされることはなかった。

風は肌に感じるのに飛ばされるような感覚はない。

「俺の魔力でお前の身体が飛ばないようにしてる。安心して俺の背中にいろ」

「うん……」

飛ばされないと分かると、今度はその圧倒的なスピードが楽しくなってきて、私は童心に戻って大はしゃぎする。

「うわー！　凄い凄い！　凄い速いよ、イド！」

まるでジェットコースターにでも乗っている気分だ。イドも気を利かせてか、宙を回転したり急下降したりして楽しませてくれていた。

雲の間を飛び、全身に風を受けて大笑いする。空に輝く太陽も気持ちよく、最高の飛行体験だ。

「そろそろ到着だ」

「あ、もう到着なんだ……」

もっと飛んでいたかったけどな……なんて少しガッカリするが、そんなことにイドを付き合わせるのもなんだか気が引けて私は何も言えなかった。

イドがバサバサ翼を動かし、ゆっくりと下降していく。

「あれ？　あの町って……」

下降した先は、どうやらメロディアの近くだったようだ。出て行ったのに結局戻って来ちゃった。

地面に着地し、私は背中を下ろされる。

イドは私を下ろすと人間の姿に変化し、何かを見てそれを指差した。

「あれならお前でも相手できんだろ」

「あれって……」

イドが指差したのは――イドと出逢う前に見たモンスターだった。

緑色の肌に子供のような身体。手には何も持っていないけど……あんなの私に倒せるの？

私が分かりやすく不安そうな顔をしていたんだろう、イドは嘆息して言う。

「あれはゴブリン。この世界で一番弱いモンスターだ。あれが倒せないようじゃ、この先戦いは無理だぜ」

「そ、そうなんだ……あれで一番弱いんだ……」

ゴブリンっぽいとは思っていたけど、名前はそのままゴブリンか。

「ああ……おい、ちょっと待ってろ」

「え？　うん」

イドは人間の姿のままジャンプを……あ、違う、ドラゴンの時の翼だけ出して空を飛んでる。

「でもジャンプ自体は人間の姿の脚力だよねぇ……凄いジャンプ力だなぁ……」

それからおよそ三分ほど待っただろうか。イドはまた颯爽と空を飛んで帰ってきた。手には鞘に入った小ぶりの剣を持っている。その剣をそのまま差し出してきた。

「これ使え」

「つ、使えって……どうやって手に入れたの、これ？」

問題はそこだ。

もし人様から盗んだ物だったらさすがに使えない！　そんな風に考えていると、イドは頬を指でかきながら、説明してくれた。

「この町にはガラクタが捨てられてる場所があるんだよ。そこから回収してきただけだ。前に空から見たことあるから知ってた」

「そうなんだ……ありがとう」

私はイドから剣を受け取る。これはどうやらショートソードという、普通の剣よりも短い物のようだ。女である私が使うからイドはこれを選んで持って来てくれたわけだ。そんなことは説明もしないけど、彼の心遣いがなんだか嬉しい。

「じゃあ行ってくるよ、イド」

「ああ。危なかったら助けてやるから安心して戦え」

剣を鞘から抜くと、少し刃こぼれをしているようだった。捨てられたガラクタだ、ってイドも言ってたもんね。これで倒せるのかな？

私はドキドキしながらゴブリンに接近していく。

するとゴブリンは私の姿に気づいたのか、こちらに向かって走ってきた。

「わーわー！　来たよ、どうしよう、イド!?」

「ちっ！」

戸惑う私を助けるためにイドが走り出す。

私はパニックになりながら剣をブンブン振り回していた。すると剣はゴブリンの首にかかり、スパーンと簡単に斬れてしまう。

ゴロゴロ転がるゴブリンの頭。

私は唖然としてイドの方を見る。イドも驚いた顔を私に向けていた。あれ？　なんでこんな簡単に倒せたんだろ？

「……このゴブリンってそんなに弱かったの？」

「まぁ弱いっちゃ弱いけどよ……でも今のはちょっと異常だったな。俺の血を飲んだとしても異常だ」

イドは少し驚いた表情のまま私を見ている。

やっぱり今のはおかしかったんだな。だってスッパリ切れたもんね。普通こんなのあり得ないよ。というか、イドの血を飲んだら戦闘能力も上がるんだ。美容にもいいしドーピング効果もあるし、これは誰もが欲しがるに違いない。それで商売なんてする気はやっぱり毛頭無いけど。

「うーん……なんでこんな簡単に勝てちゃったんだろ」

「細かいことはよく分かんねえけど、お前が勝てるならそれでいい」

「そう、だね……うん。勝てるならいいね。あれ？」

死体となったゴブリンを見ていると、なんとその身体が砂のように消えていく。そして死体の後に、歪な形をした紫色の石だけがその場に残る。

「石？」

「違う。あれがモンスターの心臓だ」

「心臓？　あれが？」

私の想像とは全然違った。もっとこう、いわゆるホルモンみたいなものだとばかり思っていたのだけれど……実際に目にした『心臓』は宝石のようにしか見えない。

思わずホッと胸を撫でおろす。心臓を回収しなければいけないなんて物騒だと思っていたけど、これなら躊躇無く触れるし問題ないな。

周囲を見渡すと、ちらほらとゴブリンの姿が見える。

「よーし、じゃあゴブリン倒してくるね」

「おお」

私は出来る限りの速度でゴブリンに接近していく。

身体は軽い。見た目通り体重も減っているからだと思う。昨日までの自分からは考えられないような軽さだ。

音を殺してゴブリンに近づき、背後から剣で胸を貫く。今度もあっさりとゴブリンを倒すことができて、私はピョンピョン飛び跳ねてイドの方を見る。

「イド～！　また勝ったよ！」

「見てりゃ分かる」

イドは腕を組んで私の戦いを見届けていたようだが、私が手を振ると照れて顔を逸《そ》らしてしまった。しかし彼はハッとし、私に向かって叫び出す。

「おい！　後ろ！」

「え？」

どうやら後ろからゴブリンが接近していたようだ。浮かれすぎて気が付かなかった。

やられる！

身体は恐怖で硬直して、縮こまるだけで私は何も出来なかった。イドが走ってきてくれるけどきっと間に合わない。そのまま殺されるのを覚悟した……が。

「あれ？」

ゴブリンに頭を殴りつけられたが……なんともない。痛くない。ダメージがないのだ。

「あれ……あれ？」

「お前……随分身体が頑丈になってるみてえじゃねえか」

「そうみたいだね」

ゴブリンは拳を振り回して私を何度も殴りつけるが、全く効果が無い。

私は唖然としたまま、逆にゴブリンの頭を殴る。ゴブリンは一発で息を引き取り、砂となって消えてしまった。

「素手でも勝てる……イドの血は凄いんだね！」

「いや……俺の血だけでそこまで強くなるとは思えねえ……」

顎に手を当て思案顔をしているイド。

そんな彼の表情はとても素敵で、窮地に陥った直後だというのに、私は内心ドキッとする。可愛い部分もあるけど、基本的にイドはカッコいい。これだけカッコ良かったら、女の人が放っておかないだろうな……、いや、イドはドラゴンだった。放っておくというか、放っておかないと危ない存在だと認識されるはず。私は一人でそんなことを考え、安堵のため息をつく。

あれ？　なんで安心してるんだろ、私。

「まあいい……とにかくだ。それだけ強けりゃこの辺りで戦ってりゃ危険はない。お前はここでゴブリンと戦ってろ」

「イドはどうするの？」

「俺？　俺はもっと手ごたえのある奴を倒してくる」

ニヤリと笑うイド。ちょっと怖さを感じる笑みだけど、彼の性格を知っている私は気にしない。

「そっち倒してる方が価値のある心臓を回収できるからな！　お前はのんびり戦ってろ！」

「うん！」

イドはドラゴンの姿に変身し、ゆっくりと上昇していく。その間、彼はずっと私の方に視線を向けていた。

「いってらっしゃーい！」

「お、おう！」

イドは猛スピードでどこかへ飛んで行ってしまう。私は彼が見えなくなるまで手を振り続けていた。

「さてと」

じゃあ、続きを始めるとしましょう。

その後も難なくゴブリン退治をしていく私。戦っている最中にさらに強くなる感覚を得る。

「あれ？　なんだか強くなったのかな？」

走る速度や力も上昇したような気がする。手加減してゴブリンに攻撃すると……軽く倒せてしまう。

だけど元々簡単に倒せるから、どれほどの力があるのか、どれほど強くなったのかは確認できない。

「まぁ勝てるならそれでいっか」

そんな風にのほほんと狩りを続けていると、ゴブリンの心臓が両手で持てないほどの量になってしまった。イドの背中にも乗り切るかな？

そんな思案をしていたら、私の背後でため息が聞こえてきた。

振り向いた先にいたのは、一人の女性。彼女は俯《うつむ》いたまま、トボトボと歩いている。

「あの……こんなところ歩いてたら危険だと思うよ」

「え？　……あれ、いつの間に町の外に？」

自分が歩いている場所を理解していなかったようだ。彼女は周囲を見渡し青い顔をした。

くせっ気のある赤い髪を後ろで束ねた美女。そんな彼女は暗い表情でゴブリンを見つめていた。

そしてぽつりと呟く。

「……このままモンスターに殺されよっかな」

「ダメダメダメダメ！　何言ってるの⁉　死ぬなんて言っちゃダメだよ！」

昨日の私は似たような思考をしていたけれど。でもやっぱり死ぬのはダメ！

私は彼女に駆け寄り、事情を聞くことにした。

「死ぬだなんて、何があったの？」

「死んだ親が借金を残してて……もうどうしようもないの」

「し、借金か……」

お金が無くて困っているんだ。それは困ったな。助けてあげたいところだけど、私だってお金は無い。

どうしたものかなと思案していると、モンスターの心臓が視界に入る。

「ねえ……これって売ったりできるのかな？　余ってるの、良かったら……」

「モンスターの心臓……確かにお金になるし、あなたの気持ちは嬉しいけど、ゴブリンの心臓程度じゃたかが知れてるわ」

「そうなんだ……」

それは……どうしようもないなぁ。肩を落として落ち込む彼女。私は気の毒に思い、彼女の背中に手を当てる。ゴブリンの心臓がお金になるならいくらだって譲ったけど、そうじゃないならこうして慰めることしかできない。

するとと彼女は涙を流し始め、ポツポツと自分のことを語りだした。

「私はサリア。うちは昔から貧乏で、貧しい日々を送ってきたの……いつか良いことがある、いつか報われる日がくるって耐え続けてきたけど、もう限界……幸せなんて来ないわ」

「っ！　そんなことない！」

見ず知らずの他人が彼女の不幸を否定する権利なんてないかもしれない。だけど私は反射的にそう言った。

だって昨日の私が、同じことを思っていたから。そして昨日、イドと出逢えて、人生が変わったから。

「私も、それこそつい昨日まで、転がり落ちるしかないような人生だったの。でも、いい方向に向かう出来事があった！　だから……！」

それは無意識に出た私の心の叫びだった。だけど、彼女は私の言ったことにさらに涙を流し、その場に崩れ落ちてしまう。

……そうだよね。本当にしんどい時は、他の誰かが大丈夫だったから自分も、なんて思えないよね。でも、私はサリアを抱きしめて、言葉を繰り返す。

「辛いね……寂しいね……でも大丈夫。きっと大丈夫だから」

いつの間にか私達は抱き合って涙を流していた。するとイドが迎えに来てくれたようで、空から下りて来る。

「ド、ドラゴン⁉」

サリアはピタリと涙を止め、青い表情でイドの巨体を見上げていた。イドもイドで、彼女を威圧するかのように鋭い視線を向けている。

「イド。そんなに睨んじゃダメ」

「ふん……」

イドは人間の姿に戻り、私達から視線を逸《そ》らす。

「に、人間の姿になった……」

サリアはキョトンとしてイドの横顔を見ている。

そこで彼の足元に大量のモンスターの心臓が転がっているのに気づき、私とサリアは目を点にした。

「す、凄い！　あれがあれば……」

そこまで言ってはっとしたように口をつぐむサリア。でも、十分だった。イドが取ってきた心臓があれば、サリアは助かるんだろう。そう確信した私はイドに駆け寄る。

「ねえイド。この人を助けてあげたいの。その心臓、彼女に譲ってあげられないかな」

「ああ？　俺はお前以外のことはどうでもいいんだよ。何があったか知らねえが、この女にこれを譲る気はねえ」

「イド、親切は自分の身に帰ってくるの。逆もそう。人を傷つける人は人に傷つけられるんだよ」

「だからなんだよ？　誰かに傷つけられようが、それ以上に傷つけりゃ俺の勝ちだ」

「お願い、そんな悲しいこと言わないで。これまでイドがどんな人生を送ってきたかは知らないけど、誰かを傷つけるのを当たり前だと思わないで」

この世界でそんなことを言うのは、甘いのかもしれない。私はまだ、イドのこともこの世界のこともよく知らない。今だってイドは、私が見たことのない憎しみを込めた瞳をしている。憤怒の塊。この世を憎む悪意の眼差し。

それがとても悲しくて辛くて、私は何か考えるより先に、涙を流してイドの身体を抱きしめていた。

「な、何してんだよ！！」

「ごめん、イドにとっては綺麗事なのかもしれない。私の我儘にしか聞こえないかもしれない。でも、私はお母さんにこうやって抱きしめられながら教わったの。誰かに傷つけられたからって傷つけ返すのはやめなさい、誰かに優しくされたいなら誰かに優しくしなさいって」

「っ……」

引きこもりの日々は辛かった。だけどお母さんは、学校に行きたがらない私に無理強いせず、情緒不安定になって泣く私を抱きしめてくれた。それはとても暖かくて……凄く癒された。だから、人が怖くなっても、人間不信や人間嫌いにはならずに済んだ。

きっとイドにはその温もりが足りないんだ。心のコップがカラカラになっているようなもの。コップに何も入ってないなら、注いであげればいい。私がこれから注ぎ続けてあげればいいんだ。

「……わ、分かった」

「え？」

「そいつに心臓やるならくれてやる」

イドは真っ赤な顔をして私を見下ろしていた。彼のうるさいぐらいの心臓の音を聞き、私は笑顔を浮かべる。

「ありがとう、イド」

「ふ、ふん……」

私は振り返り、サリアの方に向く。

「これ、持っていって」

「で、でも……会ったばかりの人からそんなものもらうわけには……」

「会ったばかりとか他人だとか別にいいの。困っている人がいれば助けてあげなさいって、お母さん……じゃない、うちの母の教えだから」

イドにはついお母さんって言っちゃったけど、本来こういう言い方をすべきだよね。

「ありがとう……あの、あなたの名前は？」

「私は里奈」

「リナ……本当にありがとう、リナ」

彼女は持てるだけのモンスターの心臓を手にし、ペコペコ頭を下げながら町の方へと帰って行った。私は自分で狩ったゴブリンの心臓と、イドが持ち帰った心臓のうちサリアが持ち切れなかった分を手にする。

「私達は明日も狩れるんだから、何も困らないよ。余裕がある時は余裕のない人を助ける。これが人生上手く生きていく基本なんだって」

「知るかよ、そんなこと」

イドは不貞腐れているように見えたが、どこか清々しそうにも思えた。


「ただいまー」

「お帰り、リナ様、イド」

モンスターの心臓を持って帰ってリビングに入ると、クマはポツンとそこにいた。さっきまでは淋しそうな雰囲気だったけど、私が帰って来て翼をパタパタさせている。なんだか犬の尻尾みたい。

やっぱり一人は寂しいよね。

「今度からは一緒に行こっか？」

「……いいの？」

「うん。いいよ。一人より皆でいた方が楽しいもんね」

「ありがとう、嬉しいよ」

泣くようなジェスチャーをするクマ。本当に涙を流すことはできないんだろうな。

でもクマの気持ちはよく分かった。思っていた通り寂しかったんだ。

「クマ。これはどうすればいいの？」

モンスターの心臓をクマの前に広げる。

するとクマは私に手招きし、家の外まで移動する。玄関から左手に進み角を曲がると、小さな焼却炉があった。クマは焼却炉付近の家の壁に手を触れる。

「ここに触れると……ほら。心臓を回収する装置が出て来るよ」

「うわー」

壁の一部がパカンと口を開き、物を入れるようなスペースが出現する。

中を覗いて見たけど、底が見えない。どこまで続いてるの、これ？

考えても仕方ない、と、私は手に持っていた心臓を全てそこに放り込む。心臓を入れ終わったら、ひとりでにそれは閉じてしまった。

「これで完了。後は心臓を自動換算してくれるから、タブレットで確認してみよう」

「これだけでいいんだ。自動的に換算してくれるって、凄く便利だね」

イドはいまいち話を理解していないらしく、首を傾げていた。

私はリビングに戻り、タブレットを確認する。

「あ、またレベルが上がってる」

マイホーム レベル3
機能 空気清浄Ⅱ 身体能力強化Ⅱ ショップⅡ
従者Ⅰ ステータス確認

『身体能力強化』と『ショップ』のレベルが上昇している。それに『従者Ⅰ』と『ステータス確認』が増えてる。

それを見て私は、今日ゴブリンを簡単に倒せたのは『身体能力強化』のおかげだったのかとお思い至った。

「ねえイド。この能力のおかげだったんだね。私が強かったのは」

「ああ……そうなのか？」

「多分」

「間違いないよ」

クマはタブレットを一緒に覗き込みながら答えてくれる。

「やっぱりそうなんだ」

「うん。それにまた機能のレベルが上がったからさらに強くなったはずだよ」

「おおー……また強くなったんだ」

凄いな、【マイホーム】！　信じられないようなスキル。こんなのあれだよ、チートだよ。名前からは想像できないような、とんでもない能力だ。

「あ、そういえばさ、戦っている最中にも強くなったような感覚があったんだけど、どういうことだろ？」

「リナ様自身のレベルが上がったんじゃないかな？」

「レ、レベル？　私自身にもそんなものがあるの？」

本当、ゲームみたいな世界だな。レベルが上がって強くなるなんて。私は不思議な気分を味わいつつも、密《ひそ》かに心を踊らせる。

「ああ、この『ステータス確認』で自分の能力が分かるのかな？」

「うん。新しくアプリが追加されているから確認してみて」

私は新しいアプリ、『ステータス確認』をタップする。

すると画面には私の情報が映し出された。

江藤里奈 レベル4
HP640（＋2000） MP650（＋2000）
STR28（＋200） VIT22（＋200）
INT60（＋200） RES58（＋200）
DEX43（＋200） AGI46（＋200）
LUK75（＋200）
スキル　マイホーム　龍血　剣Ⅰ

「おお……どうなのこれ？」

「さあ？　俺にはよく分かんねえ」

「クマ。私のステータスはどれぐらい強いのかな？」

クマは私のステータスを視認する。

「そうだね……この世界には冒険者と呼ばれる、言わば戦士のような人達がいるんだけど……中堅の冒険者が持つステータスがおよそ２００と言われているんだ」

「ふーん。じゃあ私は中堅の冒険者より強いぐらいか」

中堅というのがどれぐらいかは分からないけど、ゴブリン相手なら何の問題もなかったしそれでいいや。

「このプラスされている能力が、『身体能力強化』の分かな？」

「そうだよ」

「じゃあ『身体能力強化』だけで中堅冒険者と同等ぐらいの力を手に入れたと言うことだね」

それは本当に嬉しい。スタート時点からこれだけプラスされていたら楽だ。実際戦いは快勝だったもんね。

「後は……そうだ。どれぐらいお金がたまってるんだろ」

私は買い物のアプリを開き、右上に表示されている残高を見る。

「八十万六千エリムか……」

エリムって、この世界の通貨ってことだよね？　元の世界で言えばどのぐらいの価値があるんだろう。円だったら結構な額だけど、これがウォンとかだったらちょっと物足りないよね。

商品の値段はどれぐらいなんだろうか。まずはそれを見てみよう。

「歯ブラシが……二百エリム。綿棒が百エリム……大体円と同じぐらいかな？　あ、お菓子も追加されてる！」

「うん。『ショップ』のレベルが上がったことにより、食品関連が追加されたんだよ」

「おおっ！　じゃあ私の大好きなカリカリ君も売ってるかな!?」

「な、なんだそのカリカリ君ってのは……」

イドは怪訝そうな顔で私を見ているけど、気にせず探し物があるかどうか、胸を弾ませ商品を確認する。あったら嬉しいけど、どうだろう……

「あー！　あったあった！　カリカリ君があったよ！」

私はあまりの喜びに、ピョンピョン飛び跳ねイドの両手を握る。

「ほらほら、イド！　カリカリ君があったんだよ、見て見て！」

「だ、だからカリカリ君なんて知らねえって言ってんだろ！　……そんなに嬉しいのかよ？」

「カリカリ君だよ!?　美味しいからイドも食べてみて！」

「食い物なのか？」

「うん。そうだよ」

私は『ショップ』のテストも含めて、カリカリ君をふたつ購入することにした。値段はひとつ七十エリム。リーズナブルで手が出しやすい値段設定。流石カリカリ君。

「じゃあ、ポチッと」

あれ？　買ったはいいけど、この後どうなるんだろ？　届けてくれるのかな……？　誰が？　そもそもどれぐらいの時間で配達してくれるんだろう。元の世界じゃ翌日には配達してくれたけれど……

するとクマが玄関の方へと飛んで行き、すぐさま荷物を持って戻って来る。

「リナ様、商品が届いたよ」

「え……ええええっ!?　もう届いたの？　電子書籍ぐらい手に入るの早すぎるよ！」

現物が一瞬で家に届いた。どんな仕組みになっているのか、今すぐに問いただしたい気分だ。だけどそれより、カリカリ君。まずはこれを食したい。

クマから手渡されたのは段ボール。辞書が二冊ほど入るサイズの物だ。それを開けると、中からカチカチに凍ったカリカリ君が姿を現す。

「ほらイド。これだよ」

「つ、冷てぇ……なんだこりゃ？」

「これがカリカリ君だよ」

私はイドに見せるように封を開ける。イドも私の真似をして封を切った。カリカリ君は水色のアイス。ひんやりとしたそのカリカリ君の端っこに、私は齧《かじ》りつく。

シャリシャリとした触感。程よいソーダ風味の甘み。口の中に残るゴツゴツとした氷の塊。

「うーん。これだよこれ。最高だよ～」

「そ、そんなに美味いのか……」

イドはゴクリと喉を鳴らし、カリカリ君をガブッと口にした。彼の口の動きに合わせて、シャリシャリと音が聞こえてくる。

「う……」

「う？」

「美味い……美味いぞこれ」

「でしょでしょ？　カリカリ君美味しいでしょ？」

イドはカリカリ君が大変気にいったのか、無我夢中でかぶりつく。そしてあっという間に完食してしまった。

私は好きな物を理解してもらった嬉しさと、単純なカリカリ君の美味しさに笑みを浮かべていた。

「もう無いのかよ？　もっとくれ！」

「数に限りが無ければいくらでも買えるけど……どうなんだろ？」

タブレットでカリカリ君のページを確認してみる。一度にどれぐらい注文できるかは分からないな。

それに一つ解決しておかなければならない問題がある。今後カリカリ君を保管しておく冷凍庫が必要だ。まぁ、一瞬で到着するから必要な時に必要な分だけ注文すればいいんだけど……でも、雰囲気って大事だよね？　そう考えた私は、タブレットで冷凍庫を探し始める。

「あ、良かった。あるみたい」

ありがたいことに、冷凍庫は日用品に含まれているらしく、いくつも商品が表示されていた。

私は真剣な顔で商品を物色する。

「これなんかいいかも」

そこで目についた物が――２０６Ｌの冷凍庫。冷凍のみのタイプの物で、大人一人入れるぐらいの大きさのようだ。

値段は３６０００エリム。うん。お手頃でいいじゃないかな。

「ねえイド。これ買ってもいいかな？」

「はあ？　なんで俺に訊くんだよ？」

「だって……私だけじゃなく、イドも稼いだお金だよ？　というか、イドが大半を稼いでるじゃない」

「ああ……別にお前の好きに使えばいいだろうが。俺に遠慮するな。それに俺は金の使い道なんてしらねえし」

「でも……」

「お、お前の為に稼いだんだよ！　だからお前が好きに使え。俺はさっきのカリカリ君？　ってやつが食べれればそれでいい」

「イド……」

私はイドの手を握り、涙目になる。

なんていい人なの。こんな私の為に働いてくれる人がいるなんて。嬉しい。本当に嬉しい。

イドは私の手を振りほどこうとしないが、プルプル震えているようだった。あんまり長時間握ってたら嫌がられるかな。

私はイドから手を放し、そして先ほどの冷凍庫を注文する。するとクマが玄関の方へと飛んでいこうとしていた。　私はクマと一緒に玄関へ向かう。誰が運んで来るんだろ？　私はそんな風に考えたが――商品は既に玄関先に置かれており、配達した人は誰かも分からなかった。

何これ？　不思議すぎるんだけど！

「これ、どうする？」

クマに聞かれ、私はリビングに戻り、周囲を見渡す。

「どこに置こうかな……」

こういうのはキッチンにあった方がいいよね。

嬉しいことにキッチンも広く、これを置いたとしても他に色んな物を設置できるぐらいのスペースはあるみたい。

「じゃあ、ここに置こうかな」

私一人じゃ移動は無理だしイドを呼んで、と思った私の考えを遮るように、クマが自分の胸をトンと叩く。

「オッケー。任せといて」

そのままクマは玄関に戻って、段ボールに入った冷凍庫を運び込んで来た。

その小さな身体で大きな冷凍庫を運ぶ姿は異様な光景だった。力持ちなんだな、クマは。

……あっ！　ぬいぐるみだからってクマの分のカリカリ君頼むの忘れてた！　そもそもクマは物を食べることができるのかな？

イドと出逢って三日目の朝。昨日はゴブリン退治に精を出してたけど、そこそこ強くなっている私なら、もう少し強いモンスターでも退治できるのではないかと考えた私は、イドに相談することにした。

「ねえイド。もう少し強い敵が出て来る場所ってないかな？」

「……お前はゴブリンだけ倒してりゃいいんだよ」

私達は朝のキッチンで、カリカリ君を食べながら会話をしていた。イドもカリカリ君が気に入ったらしくこればかり食べてる。

「ねえ、リナ様……普通の食事なんかも考えた方がいいんじゃないかな？」

「ああ、そうだよね……」

カリカリ君は美味しい。だけどこればかり食べてちゃダメだよね。ひんやりするカリカリ君専用冷凍庫を背中に、私は思案する。

食事も用意しなきゃいけないな……食料自体は『ショップ』で調達できるから問題はない。『ショップ』といえば、家のことも色々と考えないといけないな。食料だけじゃなくて、家具なんかも揃えないと。

「うーん……今日は家のことをしようかな。イド。明日から私が戦える場所、考えておいてね」

「だからお前はゴブリンだけ倒しとけ」

「なんで？　もっと強いのとも戦えそうだけど？」

「……心配なんだよ」

「へ？」

イドは私から顔を逸《そ》らし、耳を真っ赤にしてポツリと呟く。

「お前一人で戦わせるのは心配なんだよ……だからお前は、楽に勝てる敵を相手にしてりゃいい」

ああ、私のことを心配してくれてるんだ。嬉しい……でも私は頑張りたい。真っ当な生活を送るために。もう引きこもりなんてごめんだから。出来る範囲で出来る限りのことをやってみたい。

「イドありがとう。でも私大丈夫だよ。きっとちゃんと戦えるから」

「…………」

「だって私そこそこ強いみたいだし、それにイドの血もあるから予想以上に身体能力も上昇しているような気がするんだ。だから私は戦える。そしてもっと成長していきたいの」

「成長……か」

「あ、私が戦えるかどうか確認して、それからイドはイドで戦いに行ったらいいんじゃない。それとも一緒に戦う？」

「俺と一緒に戦うにはまだ早過ぎんだよ。でも……」

イドは私の方を見る。

「お前が戦いたいって気持ちはなんとなくだけど伝わった……お前が戦いを望むってのならもういいけどよ。でも絶対に無理すんな」

「うん……」

「お、俺は……心配してんだからな！」

ツンデレデレが出ました。私はクスクス笑い、イドに言う。

「分かった。イドに心配させないように、無理はしないね」

「お、おお……そうしろ」

イドはカリカリ君を冷凍庫から取り出し、リビングを出て行く。

「今日はここに残んだろ？」

「うん」

「じゃあ俺は狩りに行って来る」

「うん。行ってらっしゃい。気を付けてね」

「……おう」

最後に私の顔をジーッと見つめ、イドは家を出て行った。

私は少し顔を赤くしていた……あんなに見つめられたら恥ずかしいよ。自分の顔に手で触れる。

熱いな……熱くなってるな。

「……あれ？」

そこで少し違和感を覚える。

「……また痩《や》せてる？」

あご周りの肉が減ったように思える。お腹の周りは……やっぱり減ってるな。

「ねえクマ。私また痩《や》せたよね？」

「うん。昨日のリナ様は普通体型だったけど、今は痩《や》せ型になってるね」

初日は太っていて翌日は普通。

で、現在はやせ型と言うわけか。無駄な肉の無い動きやすい肉体。

そう言えば視力も良くなっているらしく、今朝眼鏡をかけたらかけた後の方が視界がぼやけてて、今日から眼鏡を外している。

私はリビングの中央に立ち、ピョンピョン飛び跳ねてみた。なるほど、昨日よりもさらに身体が軽い。

「今すぐ身体の調子を確認したいところだけど……今日は家のことだね」

「じゃあ何から始める？」

「うーん、そうだね……」

周囲を見渡しながら、タブレットで『ショップ』と確認する。

「今すぐ必要な物は……キッチン回りの物と入浴セット……それに洗濯機も欲しいな。あ、後は布団かベッドもいるよね」

こうやって考えると、色々と必要な物があるものだな。お金も結構かかりそうだし、普通に一人暮らしなんかするのは大変だろうな。

今ようやく両親が養ってくれていたことのありがたみを思い知る。今までありがとう、お父さん、お母さん。二人に会いたいという衝動が一瞬襲い掛かるが、感傷に浸っていても何も進まない。今はやらなければいけないことをやろう。

私はパッと思いついた物を手当たり次第に購入し、次々とクマがリビングに商品を運んでくる。

「さてと。とりあえずお風呂に入りたいな。あ、お湯ってどうしたらいいのかな？」

お風呂はリビングの隣にあるのだが……お湯が問題だ。

私は困った表情をクマの方を向ける。

「大丈夫だよ。ほら、リビングだって電気が点いているでしょ？　リナ様の【マイホーム】にはお風呂を沸かす性能ぐらい、最初から搭載されているのさ」

「あ、ああ。本当だ……」

家の中では電気が点いている。それが当然すぎて、今まで電気が通っていることに疑問さえも抱いていなかった。

他の部屋には電球さえ付いていないが、ここには設置されている。そういえば冷凍庫も普通に動いてたしな。私は電気がどうなっているのか疑問に思い、クマに訊いた。

「ねえ、どうやって電気は点いてるの？」

「この世界にはマナと呼ばれる魔力が大気中に流れているんだ。それをこの家の中で使用する電気やガスなどに転換しているんだよ。全部家が自動的にしてくれるから、その点は一切問題無しだね」

「ふーん……よく分かんないな」

よく分かんないけど、電気にガス、それに水道も使用できるってわけか。これは表示されていない機能ではあったが、本当にありがたいな。

私は【マイホーム】に感謝をしながら、温かいお風呂をいただくことにした。

「うーん……気持ちいい」

お風呂にはもっと早く入りたいと思っていたけど、怒涛の三日間の所為で入りそびれていた。

風呂場は少し広めの空間となっており、ジェットバス付きの大きな浴槽が備え付けられている。足を広げてもまだ十分にスペースがある。これは最高だな。一気に疲れが取れる気分だよ。これから夜はもちろんだけど、朝風呂も入ろうかな。

となれば、風呂の時間を楽しいものにするために、色々と買い物でもするか。音楽聞けたり映画とかアニメを見れたらもっと最高だよね。そんな商品が売っているのかどうかが問題だけど。

そこから私は、一時間ほど湯船に浸かっていた。ポカポカになった体でお風呂から上がり、リビングへ戻る。

クマは何をするでもなく、黙ってそこにいた。

「湯加減どうだった？」

「最高だったよ！　ありがとう、クマ」

「ううん。リナ様が喜んでくれたなら本望だよ」

恭しく頭を下げるクマ。本当によくできた子だ、クマは。

「あと家に必要な物ってなんだろうね？」

私は家の中を歩きながら、何が必要かを思案する。

リビングにはテーブルが欲しいし、物干しも無いようだからそれも買わないと。後はリビング以外に照明が無いからそれも必要だ。お風呂の分は先に買ったからいいけど……とりあえずは寝室に使う部屋と客室の分を買っておこうかな。

「それ以外は……何がいると思う？」

「後はタブレットで商品を見ながら買えばいいんじゃない？」

「そうだね。そうするよ」

カリカリ君を食べながら、タブレットを操作する。

「カリカリ君美味しいなぁ……あ、ロボット掃除機なんか買っちゃおうかな」

「それは必要ないんじゃないかな？」

「え？　あった方が便利じゃない？」

クマは首を振って続ける。

「『従者』という機能が追加されたよね」

「うん」

「あれを使えば、リナ様の代わりになんでもやってくれるよ」

「へー！　それは嬉しいな！」

私は『ショップ』のアプリを閉じ、『従者』というアプリを立ち上げる。そこには、従者のＯＮ、ＯＦＦという文字が表示されていた。現在はＯＦＦになっている。

私は文字を指でスライドさせ、ＯＮに切り替えた。

するとリビングの中央辺りに光が集まり始め——中から人が現れる。

銀色の髪を後ろで束ねて、狐の耳が頭から生えている。肩が露出した着物を着ている派手な女性だ。お尻には可愛らしい、狐の尻尾が生えている。とても綺麗な人で、私はその美しさにホッと息をつく。

「おおきに。うちを呼んでいただいて」

「あ、こちらこそ来ていただいてありがとうございます」

澄ましたような表情で私に頭を下げる女性。

「あの、お名前はなんでしょうか？」

「うちにはまだ名前がありしません。よければリナはんがつけておくれやす」

「わ、私がつけるんだ……じゃあ何にしようかな」

ベースは……日本人？　どこか日本の妖怪を彷彿とさせる見た目だ。怖い妖怪じゃなくて綺麗な妖怪だけど。

だったら日本人っぽい名前がいいかな？　日本人ぽい名前って……どんなの？　色々とあり過ぎて困っちゃうな。そこで、彼女が手にしている扇に蓮が描かれているのが目についた。

「じゃあ……蓮《レン》なんてどうかな？」

散々迷い、私はそんな名前を提案した。

「レンでございますか。おおきに。ええ名前をもろて」

「ううん。じゃあこれからよろしくね、レン」

なかなかいい名前だったんじゃないかな、と自画自賛しておこっと。可愛いよね、レンって名前。

「ではうちは何をすればよろしいどすか？」

「じゃあ家の掃除と洗濯をお願いしてもいいかな？」

「ええ。ほなやらせてもらいます」

冷たい声でそう答えるレン。不満を持ってるから冷たいって感じはしないけど……あまり感情が豊かなタイプじゃないのかな？

なんて思いながら、私は『ショップ』で掃除機を購入する。荷物を取りに行くのはクマの仕事らしく、彼がリビングに運び込んだその掃除機を手にしたレンは、素早く掃除を開始した。キビキビと動くレン。これはすぐに掃除も終わりそうだな。

しかし掃除をする必要もないなんて、なんと素晴らしく楽々な環境なのだろう。

私は喜びを胸に、小躍りをする。

「でも掃除と洗濯をしないでいいとなると……後は食事の用意ぐらいしかやることないなぁ」

「食事もレンに任せたら？」

「うーん……でもそれじゃ何もすることなくてつまらないんだよねぇ」

となれば食事ぐらいは私が作ろうか。毎日じゃなくてもいいけど、せめて週に何度かは作りたい。

私とイドとレン。それにクマ……は食べるのかな？

「クマはご飯を食べれるの？」

「うん。食べれるよ」

「食べれるんだ……」

ぬいぐるみっぽい見た目なのに。でもクマが喋る時、口は動いている。口はあるというなら、食事もできるということか……と、なんとなく納得しておく私。

「イドが帰ってくるまでにご飯作っておこうかな」

私は『ショップ』で食料を購入することにした。キッチン回りで必要な物は既に購入済み。後は調理する食料さえあれば問題なし。

「まずはお米だよね」

私はお米をカートに入れ、そしてレンとクマの分のお茶碗もカートに入れた。

イドと私の分は買っておいたけど、二人の分はまだだから。ついでにお箸とフォークも人数分買うことにしよう。

購入ボタンを押すと、いつものように商品が一瞬で到着する。

「次は今日の晩御飯の分を買わないとね」

私は献立を頭の中で立てながら、『ショップ』で食料の購入を進める。商品を選び終え、冷蔵庫に収納した頃には夜となっていて、イドが帰って来た。

「あ、おかえりーイド」

「……お、おう」

彼の両手に視線を向けてみるが……モンスターの心臓を持っていない。あれ？　どうしたんだろ。

「イド。心臓はどうしたの？」

「ああ……昨日クマがやってたやつをそのままやってきた」

「ありがとう。じゃあもうお金になってるんだね」

私はイドの手を握り、彼にお礼を言う。照れくさそうに鼻をかくイド。

「あと、イド」

「な、なんだよ？」

「帰ってきたら、ただいま、だよ」

「お、おお」

頷いたきり、視線を泳がせたイドは何も言わなくなってしまった。だけど私は、彼の目をジッと見つめ『ただいま』と言うのを待つ。手を握り、早く言いなよーと念じながら。

するとようやくイドは観念したのか赤い顔で言う。

「た、ただいま……」

「うん。おかえり！」

そこでイドはレンの姿に気づいた。私に説明を求めるような目を向けてくる。

「ああ……新しい機能の『従者』ってやつでね、お友達になってくれたの」

「な、なんだよそりゃ？」

「リナはん。うちは友達やのうて、あんたに仕える従者どす」

「ええ……友達じゃないの？」

私は悲しい顔をしてみせる。ちょっと計算もある。だって見た目が同性なの、レンだけだし。

「……分かりました。友達でもええどす」

「やったー。ありがとう、レン」

私はレンに抱きつく。彼女はため息をつくも、私を引き剥がすような真似はしなかった。

「じゃあご飯にしよっか」

「ご飯だぁ？」

「うん。すぐにできるから待っててね。あ、ちゃんと手を洗ってきてね」

イドは不思議そうな顔で私を見ていた。

「て、手を洗う……？」

「そうだよ。家に帰ってきたらちゃんと手洗いしないといけないんだよ。ついでにうがいも出来たら満点です」

「………………」

「はい。行ってきてください」

「お、おう……？」

イドはいまいちそうすることの理由が分からないらしく、釈然としない様子で洗面所へ向かう。これはちゃんと教えておかないといけないな。よし。とりあえずイドは手洗いに行ったし、私は晩御飯の用意をすることにしよう。

私は購入しておいた食材を冷蔵庫から取り出す。ちなみに冷蔵庫はカリカリ君専用の物とは別の物。新しく大きめの冷蔵庫を購入しておいたのだ。

人参、キャベツ、ピーマンを細く切っておき、フライパンに油をしく。まず焼くのは肉からだ。フライパンに入れると肉が焼ける香ばしい匂いがしてくる。

洗面所から戻って来たイドはすんすん匂いを嗅いでいた。いい匂いだよね。

肉に火が通ったら皿に移し、人参を炒める。これが柔らかくなってきたらキャベツとピーマン、そしてもやしを投入する。ジューっと野菜がフライパンの上で踊っている様子を、イドが見に近づいて来た。

「なんだ……野菜だよな、これって？　どんな味すんだよ」

「え？　野菜食べたことないの？」

「た、食べたことねえよ。俺はドラゴンだぜ。そんなの食うと思うか？」

「栄養バランスもあるから野菜も食べましょう」

イドの食生活、私が管理してあげないと。人間とドラゴンは違うだろうけど、食生活がしっかりしてる方が絶対にいいよね。

全ての野菜に火が通り柔らかくなってきた。ここに肉を戻し、塩、コショウ、うま味調味料に料理酒。さらに醤油とみりんを入れてまた少し炒めてあげると完成！

「はい。できたよ」

「……なんだよこれ？」

「肉野菜炒め。美味しいよ」

「僕が持って行くね」

出来上がった肉野菜炒めをテーブルに運ぶクマ。私は人数分のご飯をお茶碗に盛り、それをレンに運んでもらう。

「はい。イドはこれを持って行って」

「あ？　ああ……」

イドには味噌汁を二つ運んでもらい、私も味噌汁を二つ運ぶ。

皆に席についてもらい、私は手を合わせる。

するとイドが慌てて、私と同じように手を合わせた。

「いただきます」

「い、いただきます……？」

レンとクマは平然としているが、イドは戸惑うばかり。こういうのって人間が食事をする時のルールだから、ドラゴンがそんなの知るわけないよね。

「フォーク、使えるよね？」

「ま、まぁ、使えそうだな」

レンはお箸を使えるみたいだけど、彼とクマは使えなさそうなのでフォークを用意しておいた。

するとイドは、おずおずと肉野菜炒めに手を伸ばす。

息を呑み音が聞こえた次の瞬間に、それをパクリと口にした。

「……うめえ……これ、うめえじゃねえか！」

イドは初めてオモチャを見た子供のように、目を輝かせて肉野菜炒めを咀嚼している。

「良かった。口に合ったみたいで」

「リナはん。ほんまに美味しいどすわ」

レンも食事をしながらそんなことを言ってくれる。なんだか嬉しいな。家ではお母さんの手伝いをしていたから私は料理が少しできるんだ。

クマも器用に口に野菜を運んでいる。見ていて微笑ましい。

私も肉野菜炒めを食べてみた。うん。甘辛い醤油味に肉と野菜のバランスがいい。

「うん。美味しくできてるね」

「うめえ！　これはどんだけでも食えるぜ！」

料理は大量に用意しておいたけど……私もイドもよく食べる。クマは、そんな私達の様子を見て唖然としていた。

「……追加分用意しますかぁ？」

「あ、お願いしまーす」

レンが気を使って肉野菜炒めの追加を作ってくれることとなった。ああ、食べてる時って幸せだなぁ。

それにこうやって新しい家族とも言える人達と食べるのも、また別格だ。私は美味しそうにご飯を食べるイドの顔を見てニッコリと笑い、そして食事を楽しむのであった。

レンが家に現れてから数日後の朝。私はイドやクマとリビングでコーヒーを飲みながらこの辺りの情報を聞いていた。人間は瘴気があるから近づけないけど、イドの様子からして、瘴気の中でも平気で動ける種族は結構いそうで、この近くもたまにモンスターが通るっぽいんだよね。

「今後モンスターがこの家を見つけたとき、モンスターに襲われないのかな？」

私の疑問にはすぐにクマが答えてくれた。

「大丈夫だよ。モンスターに襲われないようにこの家には結界が張られているから」

「へー。どこまでも便利な家なんだね」

本当に便利過ぎて笑いが出てしまう程だ。最初【マイホーム】なんて聞いてとんでもないスキルだと思ったけれど、その実態はチートとしか言えない代物だった。そんなスキルを与えてくれた神様に感謝！

一番の不安が解決したところで、もっと詳しく尋ねてみる。

「ねえイド。この辺りにはどんなモンスターが現れるの？」

「この辺りか？　オークの根城だな」

「オーク……？」

前の世界で聞いたことはあるけどよく知らない言葉だ。モンスターの種族名、ってことしかわからない。

「知らねえのかよ。あれは……豚だな」

「豚？」

「ああ。豚だ豚。それ以外言いようがねえ」

インスタントコーヒーのいい香りを嗅ぎながらイドのぶっきらぼうな声に耳を傾ける。

イドはコーヒーが苦いらしく、たっぷり牛乳と砂糖を入れた物を飲んでいる。そうすると結構美味しいと喜んでくれていた。

「そのオークってさ、私にも勝てるぐらいの強さかな？」

「さあ？　知らねえ」

冷たくそう言うイド。だけど私が考え込んでいると、コーヒーをぐびっと飲み干し、話を続けてくれる。

「勝てるかどうか確認してみる。お前が負けそうならもっと弱い敵を探す。それでいいか？」

「うん。ありがとう、イド」

「べ、別にいいけどよ……でも絶対に無理すんじゃねえぞ」

「分かった」

彼の気持ちが私の胸をポカポカと温かくする。人に想ってもらえるのって嬉しいなぁ。

「そろそろ行くか？」

「うん。今日も一日張り切って行こう！」

私が「おー」と手を掲げると、クマが私に合わせて声を出し手を上げる。

「よし。じゃあお出かけしよう」

「はーい」

「うちもお供します」

「……お前らも来んのかよ」

イドが不機嫌そうだ。でも本当に機嫌を損ねてるわけではないとみんな分かってるから、気にせず外に出る。私がもっと気にすべきことは、外にあった。

「……また綺麗になってる」

「空気清浄のレベルが上がったからね。この辺りの霧は全て晴れたみたいだよ」

そう、黒い霧が完全に晴れていたのだ。黒かった景色が空気の澄んだ綺麗なものに変化している。

しかし周囲はゴツゴツした岩場。綺麗な空気が少し勿体ないなと思えるものであった。

「これだけ空気が良くなったんだから、もう少しいい場所だったら言うことなかったんだけどな」

「ほんなら、引っ越しでもしますか？　家は簡単に収納できますしなぁ」

「へー、そうなんだ」

どこまでも便利なスキルだな、【マイホーム】は。

しかし引っ越しか……よし。それも一応念頭に置いておこう。どこかに行くのも簡単だけど、どこに行くか決めてからでも遅くないよね。

「ほら。さっさと行くぞ」

「はーい」

私達はイドの後をついて歩く。十分ほど歩き続けると、大きなモンスターが姿を現した。二足歩行で、全長二メートルくらいある。顔はイドが言っていたように豚さんだった。なるほど、あれがオークか……

「勝てるかどうか不安になってきたよ」

「嫌ならやらなくてもいいんだぜ。お前はその……お、俺が養ってやってもいいんだからな！」

ツンデレデレのイドは顔を赤くしてそんなことを言ってくれる。私はイドの言葉にキュンとしてしまって、ちょっと言葉につっかえつつもしっかりと返す。

「私もやれることはやりたいんだ。イドにや、養ってもらうのも悪くないけど、出来ることはしておきたいの」

「そ、そうか。まぁ無理そうならすぐに助ける」

「うん。行ってくるね」

イドがくれたショートソードを手にし、私は駆け出した。

「えい！」

こちらに気づいていないオークの背後から剣を突き刺す。胸を一突きされたオークは大きな悲鳴を上げてその場に倒れてしまった。

「やったやったー！　私でも十分勝てるよ！」

「油断はするなよ。今のは不意打ちってだけなんだからな」

「うん！　分かってる――って！」

他のオークが私に気づき、ズシンズシン地響きを鳴らし接近してくる。少し驚いたけど、前回と違ってその姿はしっかりと見えていた。

動きは遅い。それに攻撃も――遅い！

私を殴りつけようとするオークを問題なく避ける。そのまま素早い動きで相手の背後に回り込み、また胸を一突き。オークは地面に飲み込まれて、綺麗な心臓だけを残して消えていった。

「うん。大丈夫みたいだよ」

「みてえだな。んだよ。結構やれんじゃねえか」

「ふふっ。この調子なら、イドがいなくても問題無いね」

イドはふんと鼻で笑い、そしてドラゴンの姿に変身する。

「じゃあ俺は俺の狩場に行って来る。余裕だと言っても気を付けろよ」

「うん。いってらっしゃい！」

「……行ってきます」

ビューンと凄い速さで飛んで行くイド。私はイドの姿が見えなくなるまで手を振って見送った。

「ではうちも戦いに参加させてもらいますわ」

「え？　レンも戦えるの？」

「ええ。少しだけどすけどな」

レンはそう言って、どこからか扇を取り出し、それをオークの方へと向ける。

「【アイススピア】」

レンの目の前に氷の槍が出現する。

凄い。これって魔術ってやつだよね？

扇を振るうと氷の槍はオークの方へと飛んでいき、敵の胸に易々と突き刺さる。

「わー。レンも強い！」

「まだまだどすわ。リナはんをお守りするため、もっと強ぉならなあきまへん」

なんて頼もしい。イドにクマ、それに向上心のあるレンまでもが家族になってくれて……とっても嬉しいな。

その後、私とレンがオークを倒し、クマが心臓を回収する、という段取りになった。家がそんなに遠くないので、直接収納しに行っているみたいだ。

オークと二時間ほど戦い、少し休憩を入れる。家に戻って食べるカリカリ君が、労働の後の身体に沁みる。

「うーん。カリカリ君は癒しだよ。神が人間に与えてくれた物の中でもっとも素晴らしいかもしれないね」

「それは言い過ぎ。そこまで素晴らしい物じゃないよ」

「クマぁ。それは君が食べたことないからそんなこと言えるんだよ」

「そうかな？　でもリナ様がそれだけ喜んでいるならそれでいいけどね」

カリカリ君を齧り、リビングのガラス戸から外の様子を眺める。

自然のしの字もないような荒れた大地。空気は新鮮になったものの、人が住むには少し環境が悪すぎる。まぁ、【マイホーム】のおかげで環境なんて関係無いんだけれど……でもやっぱり景色っていうのも大事だよね。

「家の周りをなんとかしたいなぁ……ん？」

ふと、外を走る男性の姿が視界に入った。

「……え？　こんなところで何してるんだろ？」

「こんな場所、普通は来ないはずやけど……どっかで迷ってきたんちゃいますか？」

よく見ると、その男性はオークに追いかけられているようだった。私はリビングから裸足のまま飛び出し、その勢いを利用して後ろを追いかけるオークをやっつける。

「大丈夫？　オークはもう倒したから安心して」

「あ……ありがとう」

彼はオークが倒れた姿を見て、ペタンと膝をつく。腰が抜けたのか、そのまま起き上がれないみたいだ。

「大丈夫？……私の家で休憩していく？」

「い、家って……ええっ⁉　こんな所に家？」

私の家を見て目を点にさせる男性。彼が立ち上がれるようになるのを待って、家に招き入れた。

「ありがとう……」

テーブル席に座ってもらい、彼にコーヒーを差し出す。すると喉が渇いていたのか、一気に飲み干してしまった。

「あー、おかわりはいるかな？」

「た、頼むよ」

もう一度コーヒーをついであげると、今度はゆっくりと飲んでいた。

「こんなに美味しいコーヒーは初めてだ……これはどこで手に入れた物なんだい？」

「えーっと……うちの特製コーヒーなんだ」

【ショップ】の説明なんてできないし、そう言っておこう。深堀りされないよう、こっちからも質問を返す。

「それで、何故こんなところまで来ていたの？」

「実は……この辺りの黒き霧が晴れたという情報が入り、仕事関係でそれを調べに来ていたんだよ。でも……強いモンスターに遭遇しちゃってね」

「強いモンスター……」

もちろんオークのことだよね。オークって一応強い部類に入るんだ。知らなかった。

「でも一番驚いたのは、こんなところで生活をしている人がいたことだよ」

「あ、あはは……まぁちょっと訳ありでして」

一から説明はできない。ドラゴンと住んでるなんて話をしたらどう思うんだろうか。イドのことを悪く言われたら、きっと私は悲しくなっちゃう。だからイドのことは黙っておこう。

「しかし、どうやって帰るかな……」

「あの、住んでいるところはどこなの？」

「ここから西にいったフローガンという町さ」

「フローガン……」

どこだろう？　クマに説明を求めようとしたけど、近くにいない。動くぬいぐるみは説明が難しいだろうと気を遣ってくれたのかな。私の視線で意図を察したレンが代わりに答えてくれる。

「フローガンはここから十キロ以上離れた場所にある町で、メロディアの次に大きな町言われてます」

「ほぉ、メロディアの次に大きいんだ」

ちょっと興味はあるかな。それに、遠い場所から来たなら尚更、助けてあげないと。

私は困った顔をしている男の人を見る。

「私達が町まで送るよ」

「え……いいのかい？」

「うん。困った時はお互い様。私達から見ればオークはたいしたことないから、安全に送れるはずだよ」

「そうか……ありがとう」

私は笑顔で頷く。すぐにでも出発してあげたいところだけど、もうすぐお昼だ。

「ご飯食べてから行こっか。そろそろお腹空いてきたし」

「そうどすなぁ。そろそろお昼も近いみたいやし」

そういえば、今までおおよその時間感覚でどうにかなってたけど、正確な時間が分からないな……時計も後で買うことにしよう。

「じゃあお昼作るから一緒に食べていってよ」

「い、いいのかい？」

「うん。いいよ」

そこで玄関が開く音がして、イドが家へと戻って来た。

「た、ただいま……って、なんだこいつ？」

「ひっ⁉」

男性の姿を見るなり、イドは彼をギロリと睨み付ける。彼はイドに怯えているようだった。私はイドを落ち着かせるように彼の手を握り、今あった話をする。

「……お前って、本当お人好しだよな。そんなの放っておけばいいってのによ」

「でも、助けられる人は助けたいじゃない。目の前で死んだら、きっと後味も悪いしさ」

「後味なんて関係ねぇよ。生き死にうま味も辛味もねぇんだから」

「イド……そんなこと言わないでよ」

私の言葉に、イドはバツが悪そうに顔を逸《そ》らす。

「……お、お前がそうしたいならそれでいい。俺はわざわざ助けねぇけどな」

「……いつかイドも人助けしてくれたら嬉しいな」

「はっ。そんな時なんて絶対こねーよ」

イドは鼻で笑ってそんなことを言った。

本当にいつか、今の私の気持ちをイドが理解してくれたら嬉しいな、なんて願いのようなものを込めて、私はイドの瞳をジッと見つめた。叶うといいな。ううん。きっといつか叶うはずだ。

私はそう確信して昼食の準備に取り掛かった。

「こ、これは美味しい……なんて食べ物なんだい？」

今日のお昼ご飯はピザトーストにした。トーストにピザソースを塗ってチーズをかけるというなんとも簡単な物だけど、食べてみたら美味しいこと美味しいこと。ソースの酸味とチーズのまろやかさ、それにカリッとしたトーストの触感がたまらない。ビヨーンと伸びるチーズもいいよね。

「これはピザトーストって言うんだよ」

「おい、もっとおかわりくれ！」

「ちょっと待っておくれやす」

イドもピザトーストが気に入ったらしく、レンにおかわりを催促する。レンはキッチンの方でおかわりを次々に用意してくれていた。

私とイドの食べっぷりに驚く男性。二人で十人前ぐらい食べてるもんね。でもまだまだ足りないぐらいだよ。

「こんな辺鄙なところに住んでいてこんなに食べて……君には驚くばかりだ」

「あはは……恐縮です」

なんだか変人を見るみたいに見られているような気がする。だけどまぁ普通じゃないよね。元々黒い霧がかかっていた場所に住んでいるんだもの。これは引っ越しを本格的に考えた方がいいかな？

食事を終えた私達は、男性を町まで送ることにした。私はクマを抱き抱え、イドと並んで先頭を歩く。すぐ後ろに男性。しんがりをレンが歩いている。

少し歩いているだけでオークが姿を現した。

「ちっ。面倒くせえな」

イドはまるで邪魔な虫を追い払うかのようにオークを手で払う。それだけでオークは四散してしまった。

「んなっ!? ななな、なんだ今のは？」

「ああ？ ちょっと攻撃しただけだろうが。いちいち驚いてんじゃねえよ」

イドと私を見比べた男性が、私に向かって話しかける。

「き、君も強いと思っていたけど……彼はさらに強いみたいだね」

「ええ、そうなんです。イドはメチャクチャ強くて優しいんです！」

私はイドの強さと優しさを熱弁しようとした。イドの良いところを、出来る限りの人に知ってもらいたい。そんな純粋な気持ちで。イドが褒められたり認められたりすると嬉しいんだな、私は。

「よ、余計なこと言ってんじゃねえよ」

照れるイド。可愛いなぁ。

しかし、イドは強いとは思っていたけど、これは想像以上だ。私でもオークは簡単に倒せるけど、イドからみたら道端のゴミぐらいの感覚なのだろう。相手にもならないし相手にもしていない。

それからオークが何度も出現するも、私とイド、それにレンで倒していく。安全面では何も問題ないんだけど、心臓が回収しきれない……どうしようか。

「心臓はどうするつもりなんだい？」

「どうしよっかなって考えてるんだけど……今はどうしようもないよね」

「良かったら俺のリュックに入れていくかい？　中身はあまり入っていないし、まだまだ入るはずだよ」

「え、いいの？　ありがとう」

私たちは心臓を回収し、男性のリュックに詰め込んでいく。だがそれも道中ですぐにパンパンになってしまった。敵の数が、なんだか多いんだよね。

「…………」

イドは少しウンザリした顔をしている。こんなにゆっくり進むのを面倒くさく感じてるのかな。

結局、心臓は回収しきれない、ということで、途中からは放置することにした。ああ、勿体《もったい》ないなぁ。この時点で私たちだけではなく男性も手伝ってくれることになり、両手いっぱいに心臓を抱えて大変そうだったけど、お金になるから持っていける分は大事にしてもらわないと。

そうこうしていると、私達はフローガンの町に到着した。町は石造りの建物が多く、大勢の人で賑わっているようだ。

「うわー……凄い人。それに凄く大きい町だね」

どうやらこの町は森と隣接しているようだけど、町の向こう側に本当に小さく森らしきものが見えるだけだ。男性は心臓をこぼさないようにして、器用にその森の方角を指差す。

「あの森の手前に俺の店がある。そこでこれを全て買い取らせてもらうよ」

男性と共に私達は森の方角を目指した。途中、イドが心底嫌そうな顔をする。

「どうしたの、イド？」

「……嫌いなんだよ。人混みとか、人間が沢山いるところは」

「そうなんだ……私は嫌いじゃないけどな」

私は機嫌が悪いイドの手を握る。

「な、何してんだよ!?」

「機嫌が悪いのって、誰かに触れ合ってた方がまぎれるじゃない？」

「そ、そうなのか？　俺は今まで独りだったし、そんなの知らねえよ」

そう言うイドだったけど、私の手をギュッと握り返してきた。

「でも……お前と手を握るのは嫌じゃねえな」

「ふふふ。私もイドと手を繋ぐのは好きかな」

「ははは、恥ずかしいこと言ってんじゃねえよ！　俺だって好きなんだからな！」

出た、ツンデレデレ。

しかしハッキリと好きなんて言われたら……恥ずかしいな。私はイドと手を繋ぎながら、男性のお店へと足を運んだ。

「すぐに換金するから待っててくれ」

店内を見渡すと、武器や防具なども売っているようだった。私は刃こぼれしたショートソードを見下ろし、そして彼に言う。

「あ、ショートソードが欲しいんだけど、良いのがあったら売って下さい」

「売ってくれ？　バカ言ってんじゃない！　君から料金を取れるわけないだろ。俺からプレゼントさせてくれ」

「いいの？」

「当然だよ！」

彼は私に親指を立てる。私も彼に親指を立て返した。こうやって善意を向けられるのって、本当に胸がポカポカするなぁ。あの時、助けて良かったなって、心の底から思える。

男性からショートソードを貰ったその後、ついでに町で服を買うことにした。

実は私の服はいまだに、太ってた頃に着ていたブカブカのジャージ。流石にずっとこのままじゃあれだよね。寝る前に洗濯はしてるけど……もう少しオシャレな服が欲しい。イドにちょっぴりでもいいから、可愛いって思ってもらいたいし。

「服屋さんってどこにあるんだろう……」

「あっちの方にありそうだよ」

クマが私の腕の中で商店が沢山並んでいる方向を指す。

私はクマの指した方向へ進み、そこで洋服屋を見つけた。中に入ると普段着から冒険者風の物まで一通り揃っている。どんな服にしようかな……服って、見始めると時間がかかるよね。どれだけ時間を使っても中々決まらない。お金のことを考えれば、無駄な買い物もしたくないし。

「ねえイド。どれがいいかな？」

「お、俺に訊《き》くんじゃねえ！　外で待ってる！」

イドは女性ばかりの店の空気に耐え切れなくなったのか、外へと出て行ってしまった。

「気にしなくていいのにね」

「まぁ気難しい人どすから」

レンが服を見ながらそんなことを言う。まぁ私も男性ばかりの店だったら居づらいと思うし、仕方ないか。

となればあまり待たすのも悪いし早々に決めることにしよう。私とお母さんとで買い物に行った時、お父さんがよく遅いなんて怒ってたからね。きっと男の人には女性の買い物の感覚が理解できないのだ。

「どれがいいかな……」

「これなんて似合うんやありまへんか？　可愛いし、動きやそうやわ」

「わぁ。本当だね。うん。これにするよ」

白いノースリーブの服に紺碧色の上着。それに桃色のスカートを組み合わせてセットで売っているものだ。レンの言う通り、動きやすそう、つまり戦いやすそうだ。私はさらに茶色のブーツを購入し、その店で着替えさせてもらって、買い物を済ませる。お金はさっき換金してもらった分がある。予想よりも随分稼いでいたので、服代ぐらいは余裕過ぎるほどだ。

外で待っているイドに、早速服を見せてみる。レンは他にも見たいところがあるとかで、クマを抱えて別行動だ。

「お待たせ。イド、これどうかな？」

「ど、どうって……どういう意味だ？」

「似合ってるかな？」

「……わ、悪くねーんじゃねえの？　人間の可愛いだとかそういうの俺には分かんねえよ」

「人間の基準とか今はいいから！　イドは率直にどう思う？」

私がそう訊ねると、イドは観念したのか顔を真っ赤にしながら答えてくれた。

「か、可愛いんじゃねえのか……」

「そっか……ありがとう！」

嬉しいな。そんなこと言ってもらえて嬉しいな。私はイドの周りでクルクル踊る。

イドは呆れたような表情で私を見ていた。

「転ぶんじゃねえぞ」

「あはは。こんなので転ばない――」

そう返しかけた矢先に、買ったばかりのブーツがまだ慣れていなかったのか、何もないところで足を引っ掛けてしまった。これはコケる！

「………」

私は目をつむり、衝撃に備えた。しかし、痛みは一向に訪れることがない。

そっと目を開けると、イドが私の身体を抱き抱えてくれていた。

「だから言っただろ。転ぶんじゃねえって」

「………」

イドの顔が近い。生きる美術品のような彼の綺麗な顔が目の前にあり、私はボッと赤くなる。慌ててイドから離れ、紅潮していることを気づかれないように頭を下げた。

「あ、ありがとう……助けてくれて」

「こんなぐらいどうってことねえよ」

イドは町の外に向かって歩き出す。

「俺はお前を守る。そう決めたからな」

「イド……」

ぶっきらぼうな彼について私も歩き出す。突き離すような言葉を使っているのに傍で守ってくれて。冷たい声なのに暖かくて。怒ってそうな態度なのに優しくて……不思議。

イドは一緒にいるだけで私を温かい気持ちにしてくれる。

「…………」

ずっと一緒にいたいな。イドの背中を見つめながら、自然とそんな思いが湧き上がった。

町から出るとイドは嘆息し、少しリラックスしたように思える。私は彼の隣に立ち、努めて明るく話しかけた。

「付き合ってもらってごめんね。でも人助けはいいことなんだよ」

「……そうかも知れねえけど、俺は他人なんてどうでもいい」

やっぱり他人に対しては冷たい。私に向けるような温かさは一切見受けられない。

「……。言いたくないなら無理して言わなくていいんだけどさ、イドって、私以外の人間には冷たいよね。なんで？」

「俺は……ずっと独りだったから。他人なんて気にしてる場合じゃなかったし、誰も信じられなかった」

「そうなんだ……」

「だから俺は誰も助けないし誰も信用しちゃいない。だからどうでもいいんだよ、他の奴なんてな。特に人間なんてモンスター以上にどうでもいい」

「………」

私も人間なんだけどな……なんて考えていると、イドは「でも」と付け加える。

「お前は違う。お前だけは違う。独りだった俺に温かさを教えてくれた」

「え？」

「お前は自覚してねえだろうけど、俺は救われたんだよ。ずっと孤独だったのに、お前が現れて独りじゃなくなった。俺の心を、お前が溶かしちまったんだ」

イドは片頬と片眉を上げて笑う。

「お前だけは人間だとか龍族だとか魔族だとか……そういうのとは違う次元にいる。俺はお前だけ守れればそれでいい。お前だけ笑顔でいてくれればそれでいい。お前だけ傍にいてくれればそれでいいんだ」

イドは真剣な表情でそんなことを言った。冷え切った声だけど、どう聞いても情熱的な告白だ。そんなのときめかないわけがない。イドにそんなつもりは無かったとしても、胸がキュンってなっちゃうよ。

その後、レンやクマが戻ってきて、私はイドの背中に隠れ、赤面しながら帰り道を歩いた。この熱は、なかなか冷めそうにない。


「ただいま〜」

家に帰って来てもまだ気持ちは冷めやらぬままで、誤魔化すように誰もいない家に向かって、帰宅の挨拶をする。リビングに入ると、夕焼けで室内は真っ赤になっていた。

「今日も一日楽しかったね」

「それはよろしかったどすな」

レンが食事の用意をしながら答えてくれる。私がご飯を作ろうと思っていたが、今日はレンがやってくれると言ってくれたのでここは言葉に甘えておこう。レンが作るご飯も美味しいもんね。

「リナ様。【マイホーム】のレベルが上がっているようだよ」

「あ、そうなんだ」

クマがレベルアップのことを伝えてくれたので私はワクワクしてタブレットを操作する。

マイホーム　レベル4
機能　空気清浄Ⅲ　身体能力強化Ⅲ　ショップⅢ
従者Ⅱ　ステータス確認　空間収納　伴侶

機能も新しいものが追加されている。『空間収納』と『伴侶』。この二つが今回新しく手に入ったんだ……


「ねえクマ。『空間収納』って何？」

「『空間収納』は……説明するよりも使った方が早いと思うよ」

「ふーん」

私は『空間収納』のアプリを立ち上げ、システムをオンにする。

「じゃあ『収納』って唱えてみて」

「？　収納」

私はクマに言われたままにそう唱えてみた。すると私の目の前に小さな宇宙のような空間が姿を見せる。

「わわっ……何これ？」

「それが『空間収納』だよ。その空間に好きなだけ好きな物を収納しておけるのさ」

「へー、それは凄く便利！　今日みたいに心臓の持ち運びにも苦労しなくなるんだよね？」

「そういうことだよ」

私は開いた空間の中に頭を突っ込んでみる。中は熱さも寒さも感じない。奥はどこまで広がっているのか、どれほどの広さなのか見当もつかない。ここに物を入れておけるなら、もう収納場所には困らなさそうだ。

「じゃあさ、この『伴侶』って言うのは？」

『『伴侶』はリナ様と婚姻関係を結んだ人が、リナ様と同じように【マイホーム】の恩恵を受けることができるんだ」

「恩恵？」

「うん。さっきの『空間収納』や『身体能力強化』。それに従者もリナと同じように従うようになるんだよ」

「ほほー……しかし伴侶って」

それって結婚するってことだよね？　私の旦那さんってことだよね？　私と結婚する人……いやいや、そんな奇特な人はいないだろう。

「…………」

なんとなくイドの方を見る。すると、イドはサッと視線を逸《そ》らした。

「ど、どうしたの？」

これはイドが照れるときの癖だけど、今の流れで照れる要素あった？

「いや、伴侶って……お前、誰かとそんな関係になるつもりか？」

「いやいやいやいやいや。私と結婚したい人なんていないよぉ。これから死ぬまで私は独身貴族だよ」

私は反射的にそう言った。だってそれが現実だもの。私をもらってくれる人なんて――

「お、おおお、俺は……お前と一緒になりたいと思ってるんだからな！」

「……へ？」

この人……何を言っているんだろう。私と一緒になりたい？　いや、それはない。近い言葉……

あ、一勝したい？

「わ、私がイドに敵うわけないじゃない……戦う前からイドの勝ちは確定だよ」

「は、はぁ!?　何言ってんだ？」

「いや、一勝したいって……」

「そんなこと言ってねえよ。一緒になりたいって言ってんだよ」

「………」

ありえない。そんな幸せすぎること、ありえるはずがない。きっと今日はイドのことを考える時間が長かったから夢を見ているんだ。

そうだ。早く目を覚まそう。そう考えた私は、テーブルに頭をぶつけようとした。

「おいおい！　何やってんだよ!?」

「いや、夢から覚めようと」

「夢じゃねえよ！　お前はさっきから何言ってんだ！」

「夢じゃない……？　イドが……私と結婚したいって夢じゃない？」

私はポカンとだらしない顔をしてイドを見る。イドは照れた様子で会話を続けた。

「お前とはその、ずっと一緒にいたいと思ってんだよ。さっき、お前だけ傍にいればいいって言っただろうが」

「………」

「出逢ってちょっとしか経ってねえけどよ、もうお前なしじゃダメなんだ……と思う。だから率直に言う、俺はお前と一緒になりたいと思っている。もちろんお前が嫌じゃなけりゃな」

「…………」

私はイドの言葉を聞いて――情けないことに、くらりと意識が遠のきかけた。

「はぁ⁉　おい、どうしたんだよ、リナ⁉」

私の脳が状況を処理しきれなかったんだと思う。

だって、こんな私と結婚したいなんて言ってくれる人がいるだなんて。それもイドみたいなカッコよくて優しい人が。あれ？　ドラゴンと人って結婚できるの？　結婚はできるとしても、子供ってできるのかな？

そのままブラックアウトしそうな意識の中で、イドのことを考える。

出逢った時から密かに縁のような物を感じていた。私のことを気遣ってくれて、私のことを大事にしてくれて、私のことを……想ってくれている。私だってイドのこと……好き。この申し出、断る理由は一かけらだってない。

意識が覚醒した私は、大量の汗をかきながらイドの顔を見つめる。思いを伝えるように見つめて、魅入る。

「おい！　急にどうした⁉　なんでそんな目に力が入ってんだよ！」

結婚はタイミング、なんて聞いたことがある。きっと今がそのタイミングなんだと思う。まだ十代、なんて今更だ。今ここだけは前の世界の価値観を押し通しちゃいけない気がする。

理由なんてない。心がそう叫んでいるんだ。心がイドと結婚しろってうるさいんだ。

「イド。私と結婚してくれる？」

「あ、ああ……当然だろうが」

「……で、では、不束者ですが、よろしくお願いします」

私は真っ赤な顔でイドに頭を下げた。イドは私の申し出に徐々に顔を赤くする。

「バッ……今すぐって話じゃねえよ！」

「えええっ⁉　け、結婚しないの？」

「するに決まってんだろうが！　だけど……今でもいいのか？」

私達は二人して顔を真っ赤にさせながら首を傾げる。

結論を出したのは、私達自身ではなく、一部始終を見守っていたレンとクマだった。

「別にええんやありまへんか。お互いに想い合って、大事にしあってるんやから。それに傍から見てたら、もう夫婦にしか見えませんせんえ」

「そ、そうなの……？」

「うん。だって一緒にご飯食べてるし、一緒に住んでるし、一緒にこの世界を生きているしね」

「…………」

「じ、じゃあ、結婚するか？」

「う、うん……」

さらに顔を赤くする私達。クマとレンが祝いの拍手をしてくれていた。そしてイドはゴクリと息を呑んでこう答えるのである。

「こ、これからよろしくな。一生大事にはするからよ」

「うん！　私もイドのこと大事にするからね」

いきなりではあるが、こうして私達は結婚することとなった。タイミングは逃したくないし『伴侶』の機能も無駄にならないし、ちょっと想定外の早さではあったけどこれでいいや。

しかしこんな年齢で結婚することになるとは……お父さん、お母さん、私、異世界で結婚することになりました。きっと幸せになるからね。

私は旦那様となったイドの顔を見上げる。美形だ。素敵だ。これが私の旦那さん……

婚姻届けを出すだとか、結婚式をあげるとかそういうことは無さそうだな。ただの口約束。でも私達はもう夫婦なのだ。

火照《ほて》る顔でリビングのガラス戸から外を見ると空はもう真っ暗だった。

「ねえ。これでイドも同じように【マイホーム】の機能の恩恵を受けられるの？」

「ううん。それは『伴侶』から設定しなきゃいけないんだよ」

「そ、そうなんだ……」

私はタブレットを操作し、『伴侶』のアプリを起動する。すると『伴侶の手をかざして下さい』という文字が映し出されていた。

「手のひら認証ってやつだね……ねえイド、これにちょっと触れてくれない？」

「はぁ？」

イドがタブレットに手を触れると、タブレットが彼の情報を読み込み出した。数秒すると設定は終わったらしく、そこには『伴侶・イド』と表示された。

「これからはイド様って呼ばないといけないね」

「どうでもいい。んなこと」

クマがイドに恭しく頭を下げるがイドは興味なさそうにしている。

「ねえイド。『収納』って唱えてみて」

「？『収納』？」

するとイドの目の前に、黒い空間が生じる。

「うおっ？　これさっきお前が使ってたやつだな……」

「わー。これでイドも【マイホーム】の恩恵持ちだね。そこにモンスターの心臓を入れておけるし、好きな物を収納しておけるんだってさ」

「そうか。まぁ心臓ぐらいしか入れるもんはねえな」

「カリカリ君も入れられるんじゃない？」

「それは便利だな！」

しかし私はそこでハッとする。カリカリ君入れておいても溶けちゃうんじゃ……

「大丈夫だよ。『空間収納』の中では食料品が腐ることもないし温度が変化することもないんだ」

「ええっ⁉　そんな便利なの？」

「うん。だからカリカリ君を収納していても問題無いから」

私の表情を見てクマはそう教えてくれた。この子はできる執事みたいだ。かゆい所に手が届く、という言葉がよく似合う。私をフォローしてくれるよき存在であり家族。これからもずっと一緒にいてね、クマ。

そういえば、家族で思い出した。従者のレベルも上がったんだよね。私は手に持っていたタブレットを操作して確認してみることにした。

従者――新しく追加された項目が二つ。

一つはクマの名前が記載されていたのでタップしてみると、クマも成長可能になったと表示されていた。

「おお……クマもレベルが上がるようになったんだって」

「そうみたいだね。これまではただのマスコットだったけど、戦闘の補助ぐらいはできるようになったかな」

パタパタ宙を浮きながら小躍りを見せてくれるクマ。

さらにもう一つ。レンの時と同じように、もう一つ従者のON・OFFが表示されている。

私はそれをスライドさせ、ONにした。すると私達の目の前に、上半身裸の大男が姿を現す。筋骨隆々といった肉つきに、顔はライオンと人間のハーフのよう。尻尾も生えている。

あまりの迫力に、私は咄嗟にイドの後ろに回り込んだ。私の様子にイドが凄む。

「なんだてめえは？」

「おう！」

「……なんだって聞いてんだよ！」

この人、「おう」しか言えないのかな？見た目が怖かったから隠れちゃったけど、この人も私の従者……いや、今は私達の従者なんだ。

「えーっと……初めまして」

「おう！」

「あ、やっぱりおうしか言えないんだ」

「おう！」

会話は成立するのだろうか……少し不安になるが、まずは名前を決めてあげよう。

クマとレンと同じように、名前はないだろうし。

「ライオンの顔に「おう」しか言わないから……ライオウでどうかな」

「おう！」

「ライオウって名前、気に入ったみたいやわ」

「え？　レン、分かるの？」

「ええ。彼の心の声が聞こえますんで」

凄いな、レンは。その能力、私にもください な。

「ライオウはどんな命令をしてくれても構わないと言っとりますわぁ」

「そうなんだ……じゃあこれからライオウにしてもらうこと考えておくよ」

「おう！」

「だ、大丈夫なのかよ、こいつ……」

「うん。イドの言うことも聞いてくれるはずだよ」

「……いらねえ」

イドは面倒くさそうにライオウから目を逸《そ》らし、テーブル席につく。私はイドの隣に座ってタブレットの操作を続けた。なんとなくステータスを確認してみる私。すると自身のレベルがさらに上がっていることに気がついた。

江藤里奈 レベル13
HP 1950(+30000) MP 1900(+30000)
STR 96(+300) VIT 78(+300)
INT 194(+300) RES 192(+300)
DEX 175(+300) AGI 177(+300)
LUK 234(+300)
スキル マイホーム 龍血 剣Ⅱ

「おおっ。結構強くなってる」

レベルが4から13に上がっていた。オークをいっぱい倒したからだ。

戦いが楽過ぎて、あまり強くなったという実感は少なかったけど、まさかこれだけレベルアップしてるとは。

「あ。イドのステータスも見れる」

「俺の？　どんなだ？」

イドがタブレットを覗き込んで来る。あまりの近さに、私はドキッとした。いや、こんなことでいちいちドキドキとしてられないな。

これからこれが当たり前になるんだもんね。だって夫婦だし。

でもこれだけ近かったら心臓がうるさいぐらい高鳴っちゃうよ。私は緊張しているのを誤魔化しながらステータス画面を下にスライドさせ、イドのステータスを表示させる。

イド　レベル８９
ＨＰ　１７８０００（＋３０００）　ＭＰ　１３３５００（＋３０００）
ＳＴＲ　１７９０（＋３００）　ＶＩＴ　１６１０（＋３００）
ＩＮＴ　１７００（＋３００）　ＲＥＳ　１５２０（＋３００）
ＤＥＸ　１２５０（＋３００）　ＡＧＩ　１６２０（＋３００）
ＬＵＫ　８９５（＋３００）
スキル　竜王気　暗黒闘気　破壊衝動
　雷術Ⅴ　暗黒術Ⅴ　邪眼Ⅴ
　硬化Ⅴ　気配遮断Ⅱ　魔術妨害Ⅴ

魔力探知Ⅴ　気配察知Ⅳ　急所看破Ⅴ
自然治癒　物理耐性Ⅳ　火耐性Ⅳ
水耐性Ⅱ　風耐性Ⅳ　土耐性Ⅲ
闇耐性Ⅴ　状態異常無効

「って、ちょっと強すぎだよイド！」

「ああ？　そんなに強いか？　まぁ誰にも負ける気はしねえけどな」

ニヤリと笑うイド。よく分からないスキルがいっぱい並んでいるし、ステータスはメチャクチャ高いし……これが私の旦那さんかと喜ぶ半面、少しだけ怖いと思う私であった。


翌日の朝、目を覚ますと、私の隣でイドが眠っていた。

ああそうか……私たち、結婚したから。ベッドの上でジタバタする私。目覚めた瞬間に好きな人がいるのって、すごい幸せ。私はニヤニヤしながらイドの寝顔を眺めていた。

「……んだよ。もう起きてんのかよ」

口調は悪いが敵意は感じない。いつもの優しいイド。

そして少し照れくさそうな笑みを浮かべながら彼は目を覚ました。ああ、今日も一日幸せになる予感。

「おはようイド。今日はいつも通り狩りに行くんでしょ？」

「ああ。昨日までより効率はさらによくなりそうだ。期待しとけよ」

昨日から『空間収納』などの【マイホーム】の恩恵を受けることになったイド。

回収した心臓などを手で持って帰らなくていいし、ステータスも上昇している。まぁステータスに関しては、イドにしてみれば大したプラスじゃないのかもしれないけれど……でもとにかく、昨日までよりもさらに狩りの効率が上がるはずだ。

「お前にひもじい思いはさせねえ。心配すんじゃねえぞ」

「……十分贅沢させてもらってるよ。いつもありがとう」

ふんと鼻で笑うイド。

そして私の頭を撫でるとリビングの方へと向かっていく。私は撫でられた頭を押さえ、嬉しさにヘラヘラと笑っていた。

リビングに行ってしまったけど、あれ、照れてるんだろうな。私は伸びをして、そしてイドを追いかけていく。

「おはようございますリナはん。もう朝ごはんは用意できとりますよ」

レンがキッチンで朝食の用意をしてくれていた。朝食はこれからもレンが用意してくれることになっている。あまり朝が得意ではない私からすれば、本当に大助かり。至れり尽くせりだなぁ。

「おはようレン。それからありがとうね」

「いいえ。リナはんにお仕えするんがうちの使命やから」

「おう！」

「あ、おはようライオウ。ライオウはどこか行ってたの？」

「おう！」

リビングの外側から顔を出すライオウ。彼は「おう」以外に喋れないようだからレンが代わりに応えてくれる。

「リナはんの命令に従って家の周囲の手入れをしてたんどす」

「ああ！　こんな朝からやってくれてたの？　ありがとう」

「おう！」

家の周りには自然はおろか、草木一つ生えていない。

この問題をどうするか……そのことをクマ達に相談すると、『ショップ』で色んな種類の山野草の種を購入し、それらを植えてみてはどうかという話になった。

必要なものは昨日のうちに購入しておいたのだが……まさか私達が目覚める前からやってくれていたなんて。私は感動してライオウの手を握り、ブンブン上下させる。

「ありがとうライオウ。私のわがままに付き合ってくれて」

「おう！」

「リナはんの役に立てて嬉しいと言ってますわ」

「ライオウが頑張ってくれて私も嬉しいよぉ」

「おう！」

そうやって話しているうちにレンが朝食をテーブルに並べてくれたので、私達は席につき一緒に食事を始める。

「いただきまーす」

「いただきます」

今日の朝食は白ご飯と鮭に味噌汁。ザ・日本の朝食といったものだ。

レンとライオウはお箸を器用に扱うけど、イドはお箸を持ってぎこちなくしていた。

「んだよこれ……ちっ。面倒くせえ。手で食うか」

「ダメだって！　お箸使えないならスプーンとフォーク使って。素手は流石に野性的すぎだよ」

スプーンを手渡すと、イドはため息をつきながらもそれを使って食事を始める。

「……本当はよ、お前と一緒の物で一緒の物食べたかった」

「え？　そうなの？」

「おお……また練習しとく」

イドはその後無言で朝食をバクバク食べていた。私と一緒がいいってことだよね……嬉しいな。

胸がキュンキュンする。

「私もイドと一緒のことがしたいなぁ……あ、一緒に狩りする？」

「アホか。俺と肩を並べて戦うには早過ぎんだよ」

意地悪そうな顔でそう言うイド。そんな彼の顔もまた愛おしい。

「ごちそうさん。んじゃ、行って来る。昼にまた飯食いに戻ってくっから」

「うん。私がお昼用意しとくね。いってらっしゃい」

「ああ」

イドを玄関まで見送る。すると彼は、靴を履いてジーッと私を見つめてきた。どうしたのかな？　なんて考えていると、イドは私の体を引き寄せ、ギュッと抱きしめてくる。

「……いってくる」

「は、はい……」

いってらっしゃいのキスならぬいってらっしゃいのハグ……いや、向こうからしてきたからいってきますハグかな？　とにかく、いきなりで驚いたけど……なんだか幸せ。

世の新婚さんはこんな幸せなことをしていたのか、と私はふわふわした気分でリビングへと戻った。

「リナ様、顔が真っ赤だよ。どうしたの？」

「うぇっ!?　そんなに赤い？」

「うん。真っ赤も真っ赤。トマトみたい」

「うえー……そんなに赤いんだ」

確かに顔が熱い。皆にそんな顔を見られていると思うと恥ずかしい。私は顔に手を当てながら、誤魔化すようにこれからすることを口にする。

「レ、レンは家事が終わったら休憩してていいからね。私にはクマとライオウが一緒にいてくれるから」

「かしこまりました」

私はふーっと息を吐き出し、そしてクマの方に顔を向ける。

「じゃあ今日は家の周りのことを考えよう」

「はーい」

クマと共に上機嫌でリビングから外へと飛び出す。

「あれ？　なんだか昨日より大地に瑞々しさを感じるような……」

「ああ。あれだよ。『空気清浄』のレベルが上がったから、大地も浄化されて水分が戻ってきてるんだよ」

「『空気清浄』ってそこまでの能力があるの⁉」

凄い……『空気清浄』凄すぎだよ……　私はあまりのありがたさに、大地に向かって手を合わせる。もっと元気になって下さい。

「大地も栄養を取り戻し、植えた種もいずれ芽を出すだろうね。この辺りはきっと緑でいっぱいになるよ」

「それは素敵だね……わー想像するだけでワクワクするよ」

まだ周りには何もない。だけど私には見える。緑に囲まれた、我が家の姿が！

そうして周囲を見渡すと、岩壁の方に目がいく。

「……ここから上に上がる道、あったらいいいな」

「上に用事でもある？」

「ないけどさ。でも上まで散歩に行ったりメロディアまで散歩に行ったり、選択肢は増えるじゃない」

「まぁ確かに……この辺りだけ散歩しててもいいけど、たまには変化もほしいもんね」

「そうそう！　いつもの道を歩くのもいいけど、たまには別の道も歩きたいじゃない」

こういうのは理屈じゃないんだよね。バニラアイスを毎日食べてたら、たまにチョコレートアイスも食べてみたくなる。誰にでもそういう気分の時ってあるよね。

クマはふむと首を縦に振り、ライオウに向かって言う。

「ライオウ。リナ様がここに道が欲しいって言ってるんだ。どうにかならないかな？」

「おう！」

ライオウは高くそびえる岩の壁の方へと走り出す。走り出したと思うと、なんと壁に向かってパンチを繰り出した。

「ななな、なにしてるの⁉」

ライオウの拳は壁に突き刺さる。

もしかして……パンチで道を作ろうとしてる？

「ちょ、そんなの無理だよ！　手が痛くなるし、無理はしないで！」

「……おう」

ライオウは素直に私の言うことに従ってくれた。ホッとしつつも、道が欲しいなんて無理難題だったなと猛反省した。

「ライオウだけの力じゃ無理か……ならリナ様、何かショップで購入したらどうかな？」

「購入って……何を？」

「重機とか」

「……重機？」

クマの言葉に一瞬思案する私であったが、すぐに冗談だと思って笑い飛ばす。

「あははは！　そんなの売ってるわけないじゃない」

「え？　売ってるよ」

「あはは……売ってる？　嘘？」

「本当だよ。確認してごらんよ」

私はリビングの戸を開け、掃除をしているレンに言う。

「ごめんレン。タブレット取ってくれないかな」

「どうぞ」

タブレットの『ショップ』を開いて検索してみると……なんと本当に重機が販売されてる！　私は驚愕してクマの方に視線を向ける。

「重機があればライオウだけじゃなくて僕も手伝えるよ」

「…………」

「あれ？　どうしたの？」

「い、いや……本当に売ってるなんて思ってもみなかったから」

「そうなんだ。今回『ショップ』のレベルが上がったことで、色んな乗り物が追加されたよ。車にバイクに重機でしょ。それからバスなんかもあるよ」

「……凄い」

私はクマの言葉を確かめるべく、車などを検索していく。

確かに追加されている。確かに乗り物が買えるようになっている。

ちなみに戦闘機や飛行機なんかも購入可能。こんなの誰が運転できるんだ！

「飛行機なんて買ってもさ、誰も運転できないんじゃ意味ないよね」

「え？　僕、運転できるよ」

「……え？」

「重機の運転もできるし、あらゆる操縦はマスターしてるから」

「どこでマスターしたの⁉」

私はクマの言うことに驚いてばかりだが、クマは冷静に話を続ける。

「ライオウには僕から重機の操縦方法を教える。だからリナ様が重機を購入してくれたら、後は全部こっちでやるよ」

「は、はぁ……」

道まで作ろうだなんて……私の従者達は凄すぎるよ。私は驚いたままタブレットを操作してショベルカーの情報を確認する。

値段は……高いやつだと六千万エリム！　あまりの値段に私は震えてしまう。

「た、高い……重機ってこんなに高いの⁉」

「確かに高いけど……イド様がお金を稼いでくれているから問題ないでしょ？」

「え？　そんなに稼いでるのかな？」

現在残高は――三億エリム。私はその値段を見て目が飛び出しそうになった。

「ささささ、三億エリム？　いつの間にこんなに……」

「イド様は相当強いモンスターを相手にしてるみたいだね。強いモンスターは、それだけ心臓の価値も高いのさ」

「イド……どんなの相手にしてるんだろ？」

「うーん。よく分からないけど、まだまだリナ様じゃ相手にならないぐらいのモンスターだろうね」

それを聞いて急にイドのことが心配になった。そんなの相手にしてるって……大丈夫かな、イド。

クマは私を安心させようとしたのか明るく言う。

「イド様、怪我をして帰ってきたことはないし、全然大丈夫だと思うよ」

「そ、そうだといいんだけど……」

「まぁそれより、重機を買おうよ。ライオウ、道を作りたくてウズウズしてるみたいなんだ」

「おう！」

「い、いいのかな……こんなの買っても」

私は戸惑いつつも、ライオウとクマのキラキラした目を見て覚悟を決める。

そして勢いで重機をポチッと購入してしまう。重機は家の玄関の方に配達されたみたいだけど……今でもどうやって届いているのかは謎だ。クマとライオウは届いた重機——ショベルカーに乗って、崖を崩す作業を始めた。

ショベルカーは、大きなアームの先に土を掘るためのパケットというものが取り付けられた物だ。パケットを見ていると、小さい頃に砂場で使っていた子供用のスコップを思い出す。桃色のやつ持ってたなぁ。

「ほら、こうやって動かすんだよ」

「おう！」

崖を崩しながらライオウに運転方法を説明するクマ。私はリビングの戸を開け、下枠に座りながらその様子を見届けていた。

「どうぞ」

「あ、ありがとう」

レンが熱いお茶を淹《い》れてくれたので、私はそれを飲みながらのほほんと天気のいい空を見上げる。

「平和だねぇ。異世界だなんて信じられないぐらい平和だよ」

「リナはんの平穏はこれからもうちらが守りますから。イドはんもおりますし、この平和が崩れることは絶対にありしまへん」

「絶対に崩れないって……あの崖とは大違いだ」

「崖はクマとライオウの手によって今にも崩れそうどすからな」

二人でクスクス笑いながらクマ達の作業を眺めた。レンも私の隣に座りお茶を手にする。

するとライオウに作業を任せたクマがこちらの方に飛んで戻ってくるのが見えた。

「リナ様。『空間収納』を使う許可が欲しいんだけど」

「うん。リナ様の許可があれば、【マイホーム】のテリトリー内限定だけど、従者も『空間収納』を使用することができるんだ」

なるほど。従者も私と同じように【マイホーム】のスキルが使えるんだ。

「別に勝手に使ってもいいけど……何に使うの？」

「ほら。あのショベルカー。外に出してたら景観が損なわれるでしょ」

「ああ、なるほどね……でもさ、あんな大きな物も入っちゃうの？」

「簡単に入っちゃうよ」

「へー」

ちょっと便利過ぎない？　『空間収納』。あんな大きな重機まで収納できるってどうなってるの。

私はその事実にポカンとしつつも、ふいにとあることが気になりだした。だからそのままクマに訊く。

「ねえクマ。ショベルカー買ったのはいいんだけど、その、ガソリンとかはどうするの？」

「ああ大丈夫だよ。この家と同じ様に、大気に流れるマナを燃料に転換して動かしてるから」

「なんでもありだね。いや、驚きの連続だよ」

燃料もいらないショベルカー。本来ガソリン代がどれほどかかるかは知らないけれど、タダで動いてくれるなんてもう驚きの一言だよね。ありがたやありがたや。私はショベルカーを眺めながら手を合わせておいた。

「後はライオウに任せておけば大丈夫だよ。午後からはリナ様も好きにすればいいんじゃないかな」

「ふーん。じゃあ、また狩りにでも行こうかな」

「だったら僕も付き合うよ。リナ様のために強くなりたいしね」

「うちもお付き合いさせてもらいます」

「うん。じゃあ午後からは皆で狩りに出かけよう」

そうと決まれば、狩りのために腹ごしらえ。私はリビングの戸を閉め、キッチンの方に移動する。

「あれ？　何も聞こえない」

不思議なことに、外でライオウが作業をしている音が全く聞こえなくなっていた。さっきまではけたたましい凄い音がしてたのに。

それに揺れも感じないし……どうなってるの？

「この家は完全防音に完全免震、耐震等級SSSどすから」

「そのSSSと言うのがよく分かんないけど……とにかく揺れを感じないってことなんだね」

「はい。そういうことどす」

だったら安心。これから先、地震がきても平気ってことだよね。

しかし【マイホーム】の性能は底が見えないな。防音に耐震まで完璧って、前の世界よりずっと条件がいいんだけど。生活に困ることは一切ないし、買い物の幅だって広い。あれだね。ここはある意味天国だ。不便が何一つない環境になんでもやってくれる従者。

それに優しくてカッコいい旦那様までいるんだから、無敵で素敵な人生の到来だ！

「よーし。旦那様のために一頑張りするか」

腕によりをかけてイドに料理を振る舞う。今の私の幸せの一つだ。では早速、イドのために調理に取り掛かるとしよう。

熱したフライパンに人参を投下し、柔らかくなってきたらキャベツを追加。これも柔らかくなったらもやしを入れる。もやしはあまり長時間火を入れたくないので、少ししたら豚肉を入れ赤みが無くなるまで火を通す。

それらを端によせ、空いた中央にほぐした中華麺をドーン。水分を含んだ中華麺がジューと音を立てる。それに塩コショウし、揚げ玉を入れ、ソースをかけ、さらに泥ソースをドバドバと。ソースの甘い香りが鼻孔を通り、ジュルリと涎が垂れそうになる。これは美味しそうにできたなぁ……出来た物をお皿に移し、かつお節と青のりをかけたら焼きそばの完成だ！

「おい、リナ！」

「ん？　どうしたの？」

イドが帰ってきたようだが……彼は仰天している様子だった。そしてリビングの外を指差しながら、口をパクパクさせる。

「あああ、あれはなんだ!?　あのおかしな化け物は！」

「……ああ。ショベルカーのこと？」

「な、なんだそのショベルカーってのは？」

イドがショベルカーに驚いている姿がとても愛らしく、私は声を殺して笑う。

私は出来る限りイドにも理解できるようにショベルカーの説明をした。彼はなんとか理解してくれたけど、ジト目でショベルカーの方に視線を向けたままだ。確かに、この世界にショベルカーってておかしいよね。私はその事実に気づき、また一人で笑っていた。

「ほら。お昼ご飯できてるし、早く食べよ。冷めたら勿体ないよ」

「おお……」

イドは依然として外のショベルカーが気になるらしく、チラチラそれを見ながら席に着く。ライオウも作業をいったん中断し、席に着いた。

「いただきます」

一斉に食事を開始する私達。私とイドもよく食べるのだが……ライオウもまた大食漢のようだ。焼きそばが彼の口の中にドンドン吸い込まれていく。

「うめえなこれ。おいリナ。これはなんて食い物だ？」

「焼きそばだよ。そばを焼いているから焼きそば」

「へー？　これもすげー美味い。お前、料理上手いんだな」

「そうかな……？」

イドが喜ぶ顔を見て、私はほっこりとしていた。うーん。やっぱり作ったご飯を喜んで食べてくれたら嬉しいな。

イドもライオウも焼きそばに夢中だ。私はそんな二人の顔を見ながらも、焼きそばを食べ始める。

甘辛いソースに野菜の甘み。肉の油とそばの食べ応え……全てが完璧だ。食べても食べても飽きがこない、悪魔的美味。これは止まらないなぁ。

「……おかわり、うちが作ってきます」

「ありがとう～」

結局いつものパターンだ。いっぱい作ったつもりなんだけど全然足りない。

レンがほほえましそうにこちらに暖かい視線を向けながら追加の調理に向かう。レンが出してくれた分も美味しくて、皆の食べる勢いは止まらない。

だが私とイドより先にライオウが満腹になったらしく、私達をポカンと見ている。

「まさかライオウより食べるなんて……リナ様もイド様もよく食べるね」

「おう……」

私達は呆れるクマに返事をすることなく焼きそばを食べに食べた。食事を終えた後は少しコーヒータイム。のんびりしながら会話をする。

「イドは午後からどうするの？」

「まぁいつも通りだな。狩りに行く」

「そっか」

「ってか、『空間収納』のおかげでいつもより多くモンスターを狩れるからな。帰りに持ち帰る分のこと気にしなくていいからよ」

「へ、へー……」

既に三億エリム稼いでたのに……あれよりまだ稼ぐというの!?　私の旦那様は有能だな。ドンドンお金を稼いでくれるんだもの。まぁそれだけがイドの価値じゃないけれど。

でも、無いよりはあった方が絶対いいよね。

「お前はどうすんだよ？　この後」

「私も狩りに行こうと思ってる。皆ももっと強くなりたいんだって」

「そうなのか？　だったら俺が鍛えてやろうか？　この辺りよりずっとレベルの高いところに連れてってやるぜ。リナ以外ならどんな目に遭っても、俺は気にしねえからな」

イドがニヤッと笑い、黒い表情でクマたちにそう言った。レンは涼しい顔をしているがライオウは青い顔をしている。

「イドはんのレベルにはまだまだついて行けまへんから……」

「お、おう」

イドは声を殺して笑っていた。本気じゃないみたいだけど、ちょっと意地悪な部分もあるんだな。

ちょっとやり返してみたくなって、イドの手を握って言う。

「私は参加してみたいなぁ」

「バ、バカ言ってんじゃねえ！　お前はのんびりやってりゃいいんだよ！　わざわざ危険なところに出向く必要ねえだろ」

「んー、そうだね。のんびり強くなればいっか」

ホッとするイド。そんな彼の反応が面白くて、私は笑った。

「流石のイドはんも、リナはんには敵わんようどすな」

「あはは。この家で一番強いのはリナ様だ」

皆が大笑いし、穏やかな空気が部屋に充満する。私もイドの手を握りながら笑っていた。イドだけは少しバツが悪そうな顔をしている。

「じゃあまた行って来る」

「うん。気を付けてね」

「俺が気をつけるほどの敵なんていねえよ」

イドは握る手に少しだけ力を込めて微笑を浮かべる。

「行ってきます」

「いってらっしゃい」


私達はイドを見送った後、狩りに向かうための準備をしていた。まぁ準備っていうほどやることはないいんだけれど。

「ライオウも来はるんやろ？」

「おう！」

「あ、ライオウも来るんだ」

「ええ。皆、リナはんのために強くなりたい考えとりますから」

そんな皆の気持ちが嬉しくて、私は笑顔を満開にさせる。

「でも無茶しちゃダメだよ。皆、怪我しないようにね」

「うん。分かってる。気をつけていこう」

皆が皆を想い合い、助け合う。気が付けば異世界に来て理想の家族が手に入っていた。お父さんもお母さんも優しくていい家族だったけど。でも向こうにいた頃は私が精神的に病んでいたというのもあって辛い時期だった。

だけど今は違う。

いつの間にか心はスッキリ晴れ晴れしていたし、温かい家族がいる。最初姫ちゃんがいた時は気持ちがどん底だったけど、今は逆に最高。これ以上ないぐらい幸せな日々だ。いや、もっともっと幸せになろう。きっとイド達となら、それも可能だと感じる。

「皆、これからもよろしくね」

「うん。僕達こそよろしくね、リナ様！」

私達は笑顔で家を出る。そして我が家を見上げ、私は言うのだ。

「行ってきます！」

私達を繋いでくれているもの。私達を一つにしてくれたもの。私は【マイホーム】に感謝する。

クマ達という家族を私に与えてくれたスキルに。

「じゃな、今日もオークを倒しに行こっか」

「そうですな。まだあれを相手してても成長できますし、お金もそこそこ稼げますしな」

「じゃあ張り切って行こう！」

私はウキウキする気分のままに駆け出した。ライオウ達も私に続いて走り出す。きっと午後からも楽しい一日になるに違いない。空に浮かぶ太陽を見上げ、私はそんな風に感じていた。


イドが大金を稼ぎ、私達も程々に稼ぐ。そんな毎日が二週間ほど続けていた。

雲の少ない天気の良いその日、私たちはリビングにいた。

「うわぁ……とんでもないことになってきてるな……」

カリカリ君を食べながらタブレットで残金を確認する――その額なんと、七百億エリム！　あまりの金額に私は手を震わせていた。

「七百億ってどんなぐらいだ？」

「ど、どんなぐらいって……どんなぐらい？」

イドの問いに答えることができなかった私はクマの方を見る。クマは腕を組んで思案している様子。

「そうだね……この辺りに住んでいる人が、一ヶ月で稼げる平均金額が十五万エリム。一ヶ月を四週間として……一週間で三万七千五百エリム。二週間で七万五千エリムでしょ。だからだいたい平均の……およそ九十三万倍稼いでることになるかな」

「き、九十三万倍……」

今更ながらイドの稼ぎはメチャクチャなのだなと驚愕する私。イドはその数字を聞いてもピンときていないらしく、興味なさげに「ふーん」とだけ言っていた。いや、ビックリするほどの稼ぎっぷりなんだからね！

「まぁそれだけあればとうぶん狩りしなくてもいいってことだよな？」

「とうぶんどころか、一生働かなくてもいいと思うけど⁉」

「あっそ。じゃあこれからはリナと一緒に行動するか」

「え？」

「無理に稼がなくていいなら、お前と一緒にいるって言ってんだよ」

「一緒にいてくれるの？」

「な、何言ってんだよ……俺は……お前と一緒にいたいんだからな！」

いつものように少しのツンにデレデレ。ツンなんてワサビほどもツンとしないぐらいのツン。

イドの真っ直ぐな気持ちに私はニヤけてしまう。こんなに私のことを思ってくれるなんて……感激。私はイドの腕に飛びつく。

「嬉しい！　もっとずっと一緒にいようね！」

「お、おう」

照れまくりのイド。カッコいいくせに可愛い。そんな彼がすっごく愛おしくて私はイドの腕に頬ずりをした。

「…………」

自分から迫る分には気にならないようだが、私からこういうことをするとイドは真っ赤になる。

そこがまたいいんだよね。

「あ、リナ様。【マイホーム】のレベルが上がったみたいだよ」

「え？　上がったの？」

幸せ感じてたからかな？　イドに引っ付いていただけでレベルが上がったって……なんだか恥ずかしいような気もする。

まぁだけど気にしてても仕方ないか。私はタブレットで新しい機能を確認してみる。

マイホーム レベル5
機能 聖域 身体能力強化Ⅳ ショップⅢ
　クリエイトⅠ 従者Ⅱ ステータス確認
　空間収納 空間移動Ⅰ 伴侶

「あれ？『空気清浄』が無くなった……」

「『空気清浄』が進化して『聖域』になったみたいだね」

「『聖域』？」

「うん。『聖域』は『空気清浄』の効果をそのまま引き継いで、辺りの空気を新鮮なものにして、モンスターの侵入を不可能にし、さらには効果範囲内にいる人の怪我や病気を回復する効果まであるんだ」

　私はクマの説明に仰天する。モンスターが侵入できないだけじゃなくて、怪我や病気まで治っちゃうなんて……

「イド、どこか怪我とか病気はないの？」

「あるわけねえだろ。怪我なんていつしたのかも覚えてねえぐらいだ」

「私も怪我とかしないしなぁ……」

　効果はどれほどのものか確認してみたかったけど、ありがたいことに皆健康で怪我は無し。いいことだけど、どれぐらいの回復能力があるのか知りたいな。

『『聖域』のことは置いておいて……『空間移動』ていうのはどんな機能なの？」

『『空間移動』は読んで字の如く、空間を移動する機能だよ。『空間移動』のレベルは一。現在はどこにいても一瞬でこの家に戻って来れるという機能になっているよ」

「へー結構役立ちそうな機能じゃねえか。俺も使えるんだよな？」

「うん。リナ様の伴侶であるイド様も使用できるよ。あ、ついでにイド様もリナ様もお互いの元へ一瞬で移動することも可能だよ。これは『伴侶』による拡張機能のようなものだね」

「……すげーな」

　伴侶である者の元にいつでも飛んでいける、と。

　会いたくなったらいつでもイドの所に行けるんだ。それから私がピンチの時はイドがやって来てくれる……？

わっ。それってなんだかヒーローみたい。私だけのヒーロー……みたいな？

「な、なんでそんなニヤニヤしてんだ」

「え？　そんなにニヤニヤしてる？」

「してるっつーの。んだよその顔はよ」

そんなにニヤニヤしてたんだ。自覚は無かったけど、ちょっと気をつけよう。イドは私がニヤついていた理由が分からないらしく、怪訝そうな顔をしている。

だけど『聖域』と『空間移動』……また【マイホーム】の便利さが上がったな。嬉しいけど、どこまで成長するのこのスキル？

「ねえ、後この『クリエイト』っていうのは――」

クマにそう聞こうとしたところで、知らない女性の声が割り込んできた。

「あの、ごめんください……」

「はい？」

玄関にチャイムがあるのだけれど……なんて考えるが、この世界の人はそのことを知らないのか。とにかく誰かが訪ねてきたみたいだ。リビングの戸を開けてこちらに声をかけて来た。

「えーっと、どちら様でしょうか？」

「この間、あなたに助けてもらった者の家内ですが……」

「ああ、あの時の」

この間助けた人の奥さんってことは、フローガンの町で商売をしている人だったはず……だけど、その奥さんが、わざわざこんな場所に来てまで私にどんな用が？

家に彼女を招き入れ、リビングのテーブル席に着いてもらった。

「どうぞ」

「あ、ありがとうございます」

レンが彼女にお茶を出す。緑茶だ。彼女はこの世界では見慣れないだろう緑茶を見て怪訝そうな視線を私に向ける。

「大丈夫だよ。これ美味しいから」

レンは私にもお茶を出してくれていたので、私は先に緑茶を口にする。うん。このちょっと苦味があるのがいいんだよね。

「あ、じゃあ、いただきます……」

オズオズとお茶を口にする女性。

「あ、美味しい……」

「だよね。これ私のお気に入りなんだ」

緑茶の効果もあったのか、見るからに緊張していた彼女はホッとため息をついて落ち着いた様子を見せる。だが、イドが部屋の隅から彼女を睨むものだからまた怯えて肩を震わせていた。

「イド！　そんなに威嚇しちゃダメだよ！」

「ああ？　威嚇なんてしてねえよ。ただここに近づけねえように釘を刺しておこうと——」

「それが威嚇してるってことだよ！　もう、イドは見た目は怖いんだから。別にここに人が来てもいいじゃない」

「俺はお前がいるだけで十分なんだよ。他の人間なんかいねえぐらいの方がいい」

「イド……」

まだ他人に気を許すつもりはないんだね。というか、このままじゃ一生気を許す機会が訪れないような気がする。

「無理に友達を作る必要はないけど、私達以外に知り合いとかいた方がいいんじゃない？」

「べ、別にお前以外に知り合いなんていらないんだからな！」

ツンデレデレだ。照れてまたそんなことを言い出した。私は嘆息しつつも、だけどイドの考えも尊重しなければいけないと考える。

私だって、姫ちゃんと仲良くしろと言われても……絶対に嫌だと思う。嫌というか断固拒否。人が嫌なことを押し付けるのはダメだな。反省しよう。お互いに理解し合っていくのが夫婦なんだ。

イドがいらないというのなら、ちょっと寂しい気持ちはあるけれど、それが彼の生き方ならそれを理解してあげないといけないんだ。

「私もイドがいてくれたら嬉しいよ」

「そ、そうか……」

話は笑顔で終わらせておく。だけど彼女が怯えてたままだから、ライオウに頼んでイドを外の仕事に連れて行ってもらった。

「ごめんなさい。私の旦那さん、ちょっと見た目が怖いから」

「だ、旦那？　確かに美形な方だけど……暴力とか振るわれていない？」

彼女は青い顔で私を心配してくれる。ああ、誤解されてるなぁイド……優しくていい人なんだけどな。

「あの人は本当は優しいんだ！　あの、普通の人より人見知りだけど……悪い人じゃないからね！」

「……ごめんなさい。あの人が好きなのね。なのに私ったら、印象だけで話をして」

「はぁ……」

女性は咳払いをし、真剣な顔をして私に頭を下げる。

「あの、それで……お願いがあるの。私達を助けてくれませんか？」

「助ける？　何かあったんですか？」

「ええ……実はフローガンの北にハイオークが住みついちゃって……」

「ハイオーク？　……ハイオークって何？」

隣の席に座っているクマに私はこそっと聞くと、彼は小声で説明してくれた。

「ハイオークはオークの上位種だね。まぁ強いオークと考えておいたらいいんじゃないかな」

「なるほど」

「それで、そのハイオークをどうかしてほしいの？」

「今のフローガンには、ハイオークとまともに戦える人がいないの。あ、普段は強い冒険者がいるのだけれど、今は仕事で町にいなくって……」

「はー。じゃあ私達にそのハイオークを倒してほしいって話？」

「ええ……端的に言えば。旦那が、あなたならハイオークにでも勝てるはずだって。あの人は町の防衛に必死だから、代わりに頼んで来てくれって」

「そういうことだったんだね。じゃあ助けに行こっか」

私がレンにそう言うと、助けを求めてきた女性はポカーンとしてこちらを見つめていた。

「え？　そんな簡単にいいの？」

「困ってる人を助けてあげるのは当たり前だから。考えたところで答えは一緒だよ」

「でも、報酬のことも……」

「報酬のことは後でいい。私達、お金には困ってないしね」

だって七百億エリムもありますから。

お金を稼ぐ必要もないんだから、困ってる人は無償だとしても助けてあげればいい。私だって困っていたら助けてほしいと思う。だったら困っている人を助ければいいんだ。人にされて嬉しいことをする。それが人として当たり前のことだと思うから。

それにお母さんが教えてくれたんだ。『情けは人の為ならず。巡り巡って自分に返ってくる』って。

報酬やお返しを求めているわけではないけれど、人を助けていたら自分自身もきっと幸せになれる。私はそう信じてるんだ。

「今日は一人で来たの？」

「いいえ、オークがうろついているから護衛の人と馬車で来たのだけれど……でも不思議なことに、途中から急にオークの姿を見なくなったわ」

「へー、ナンデダロウネ」

『聖域』の機能だな。途中から性能が上昇して、オークが家のテリトリー内に侵入できなくなったからだ。

このことはあまり喋らないでおこう。バレてもいいんだけど、話が面倒になりそうだし。

私はリビングの戸を開け、外で仕事をしているイドに言う。

「イド！　フローガンの町に行こ」

「ああ？　フローガンの町だぁ？」

「ぎゃあああああああああ!!」

「え？」

何事かと後ろを振り向く私。依頼にきた女性が、腰を抜かして叫んだようだ。一体どうして……と考えて気づく。今のイド、ドラゴンの姿だ。

「…………」

これ、どうやって説明したらいいのかな……なんて考えていると、彼女はフッと意識を失ってしまった。

私は意識を失ってくれたことにホッとする。イドのドラゴンの姿って怖いもんね。

イドに人の姿に戻って貰って、女性を揺り起こす。

「あれ？　ドラゴンは？」

「ド、ドラゴンってなんのことかな？　夢でも見たんじゃないの？」

「そ、そうだったのかしら……？」

気絶していた彼女に誤魔化してみたが、案外上手くいったようだ。私は安堵のため息をつき、彼女を促し玄関の方へ向かう。

「急いでるんだよね？　すぐ行った方がいいんだよね？」

「え、ええ、出来る限り早くしてもらった方が嬉しいわ」

「じゃあすぐ行こう！　よーし皆、元気出して行こう！」

「おー」

レンとライオウが元気に応えてくれた。

玄関から外に出ると、そこには彼女の護衛の人が二人いた。どうやら彼らは玄関に足を踏み入れていたらしく、イドがドラゴンの姿になったのに気が付かなかったらしい。それはそれは好都合。バレてなくてよかった。

「で、どうやって町まで行く？　飛んで行くか？」

「ダメ！　それは色々と問題が起きそうだからダメ！」

彼女はドラゴンの姿を見て気絶してしまった。つまり、町の人がドラゴンを見たら大混乱になるってことだ。絶対にそんなことになるのは嫌。イドが悪意ある目で見られるなんて絶対に嫌だ！

「馬車に乗らせてもらいますか？」

「これだけの人数を？」

ちょっと定員オーバーだよね。ギュギュウ詰めなら乗れなくもないだろうけど……となれば、乗り物を購入するしかないかな……

「おい、てめえら。先に行ってろ。こいつらは後からすぐに行く」

「は、はい！」

イドの冷たい声に、女性達は馬車に飛び乗り町へと走り去ってしまう。私はポカンとして馬車が走って行くのを眺めていた。

「え？　なんで行かせちゃったの？」

「あいつらにバレなきゃいいんだろ？　迂回しながら町まで運んでやる。それでもあいつらより早く着くと思うがな」

「ああ、なるほど」

馬車の姿が遠くなると、イドはドラゴンの姿に変身する。そして私達を背に乗せ、大空へ羽ばたいた。

相変わらず空を駆けるのは気持ちいい。イドの背中の上は最高だ。刺さるような風を肌に感じるのに飛ばされるような気配は一切ない。

「これは最高だね」

「だよね！　イドと空を飛ぶの大好き！」

「そ、そんなに大好きなら毎日だって乗せてやるんだからな！」

イドはツンデレデレでそんな素敵な提案をしてくれる。本当にこれから毎日乗せてもらおうかな。

ドライブデートならぬ、飛行デート。あるいはドラゴンデート？　まぁどちらにしても楽しいこと間違いなしだ。

イドは西側に迂回しながら北を目指す。途中、馬車の姿を視認できたが、イドの言う通りこちらの方がずっと早く到着しそうだ。

フローガンの西側に降り、人間の姿になるイド。私達はそのまま歩いて町へと向かう。

「あ……あっちの方壊れてるね」

「ああ。モンスターにやられたみてえだな」

町の北側——森に面している部分の壁が崩壊しているようだった。

ハイオークは北側にいるって話だけど、森の中にいるのかな？　森の方へと向かうとあの時の男性がおり、私達に気づいてこちらにやって来る。

「き、来てくれたのか！」

「うん。助けに来たよ」

「ありがとう……ありがとう」

私に感謝をし、男性は頭を下げる。

周囲にいる人達は何故私なんかに頭を下げているのか分からず、怪訝そうな顔をしていた。

「ハイオークって森の中にいるの？」

「ああ……普段、こんなところにいるようなモンスターじゃないんだけどな。どこからかやって来て住みついてしまったようだ」

「そうなんだ……じゃあちょっと倒してくるよ」

ザワつく周囲の人々。

「き、君みたいな女の子が勝てるような相手じゃないぞ！」

「後ろにいる人らは強そうだけど、ハイオークは化け物だぞ。並みの戦士では勝てっこない」

私達を心配してか、町の人達が私達に忠告をする。

「大丈夫だよ。私達、結構強いから」

「……すまない。今頼りになるのは君達しかいないんだ」

「うん。じゃあちょっと待っててね」

私たちは町の人の懐疑的な視線を通り抜け、森の方へと向かって行く。

ライオウとレンは不敵な笑みを浮かべながら歩く。イドはあくびをし、クマは私に抱かれたまま森の中へ。

「他人のことなんて放っておきゃいいのによ」

「なんだか困ってる人は放っておけないんだよ。付き合わせてごめんね、イド」

「ま、まぁお前がそうしたいなら止めないけどよ……でも、無茶だけはすんなよ」

「うん……ハイオーク。私達に勝てない相手じゃないよね？」

「きっと僕達なら勝てるはずだよ。最悪、イド様が倒してくれるはずだしね」

「俺をあてにすんじゃねえ。俺はただの付き添いだ」

イドは面倒くさそうにそんなことを言うが、いざとなったら助けてくれるだろう。だって本当にイドは優しいんだから。だから私は安心して森に向かっているのだ。無敵の旦那様がいるんだから、怖いことなんて一つもない。私は森の奥へと軽い足取りで進んでいく。

森の中には、オークがうじゃうじゃいた。その数に辟易するほどだ。

「こんなにいるの……」

「リナはんは下がっとってください。うちらが倒しますよってに」

「おう！」

レンとライオウが私の前に出てオークの集団を蹴散らしていく。

ライオウはその腕力で、レンは水と氷の魔術でオークを消滅させる。

「僕も戦ってくるよ」

「うん。気をつけてね」

クマも二人に続き、戦闘に参加する。

「えい」

クマの手の可愛い動きに呼応し、地面の岩が浮かび上がりオーク達に襲い掛かる。どうやらクマは【風水術】というスキルを所持しているらしく、自然の力を借りることができるようだ。その威力は凄まじく、オーク達の身体が吹き飛んでいく。

「クマも強いんだね〜。私達戦う必要なさそうだよ」

「俺は元から戦うつもりなんてねえよ。おもりだおもり」

イドはクマ達に興味なさそうな顔をしているが、どこか周囲を警戒している様子だった。きっと私達に危険が及ばないように気を張ってくれてるんだよね。

「うふふ。イドありがとう」

「ななな、何言ってんだ⁉　お、俺はお前のために気を使ってるだけなんだからな！」

私がイドの腕に手を回してそう言うと、イドはツンデレを発揮する。

「リナはん……気ぃ散るからこんなところでイチャイチャせんとってくれまへん？」

「あ、ごめんごめん」

レンが戦いながら嘆息する。皆が戦っている最中にこれはないか……これからはもう少し気をつけよう。

「お前ら、そろそろハイオークが出て来そうだぜ」

「え？　イドそんなの分かるの？」

「ああ。敵の居場所を把握するスキルを持ってるからな、俺は」

こと戦いに関しては【マイホーム】以上に役立つイド。やっぱり凄いんだなイドは。

するとイドが言った通り、オークよりも一回り大きく、青い肌をしたモンスターが出現する。手には棍棒を持っており、その迫力に私は息を呑んだ。

「あ、あれがハイオークなんだ……私達に勝てるかな」

「ああ？　あんなの雑魚だ雑魚。勝てねえわけねえだろ」

「そ、そうなの？」

ハイオークが雄たけびを上げる。あまりの声の大きさに私は耳を塞いだ。その雄たけびに応じるように、大量のオークが現れる。

「完全に囲まれたみたいだね……リナ様、気を付けて」

「雑魚らはうちらが片付けますんで、リナはんは敵の大将頼んます」

「分かった。任せといて！」

クマ達は破竹の勢いでオーク達を倒していく。

私は正面にいるハイオークを見据える。確かに強そうだけど、イドは雑魚だって言ってるし大丈夫。勝てる、絶対勝てるよ。自分を信じるんだ。

「えい！」

私はハイオークの右側に回り込み、ショートソードで足を切りつける。しっかりと効いているみたい。イドが言ったみたいに雑魚とは思えないけど、勝てない相手じゃない。

「【ウインドカッター】」

最近覚えた風の魔術。幾重もの風の刃が、ハイオークの身体を刻み込む。

どうも私は武器を使うより魔術の方が向いているらしく、その威力は高いようだ。魔術を受けたハイオークは膝をついて瀕死の状態。

「やったやったー。私の勝ちだよイド！」

私は振り返り、飛び跳ねながらイドを見る。

「流石リナ様だね。ハイオークを簡単に倒しちゃったよ」

「おう！」

クマ達は十分余裕があるらしく、戦いながら私の方に視線を向けていた。私はクマ達に向かってピースをする。

「えへへ。思ってたより楽勝だったよ」

「リナ様！」

「へっ？」

クマの声に後ろを振り向く。

なんとハイオークが起き上がり、私のすぐ後ろまで迫っていたようだ。油断大敵。これは完全に私の油断だ。もう少し緊張感をもたなきゃダメだった。

背筋を凍らせ、頭を真っ白にさせる私。だが――

「詰めが甘いんだよ、お前は」

いつの間にか私の背後に移動していたイドが、ハイオークの顔面を軽く殴りつける。するとハイオークはどこか遠くと吹き飛んで行ってしまった。

「………………」

私やクマ達……それにオークらがあまりのイドの強さに硬直してしまっていた。

「どうしたんだよ、そんな顔して」

「い、いや……イド強すぎだよ」

「俺が強いのは事実だけどよ、あれも大概雑魚だぜ」

イドはニヤッと笑いながら呆然としている私の頭を撫でる。それと同時にオーク達の硬直が解け、

一目散には逃げ出した。

「敵前逃亡……イド様の強さを見れば仕方ないか」

「この人はちょっと強すぎやな……敵さんに同情するわ」

「お、おう……」

クマ達はイドの強さに呆れ返るばかり。一体どれだけ強いの、イド？


「終わったよー」

「え、ええっ⁉　もう終わったのか⁉」

私達が町に戻ると、皆驚きに驚いていた。口をあんぐりさせて信じられないといった表情を浮かべている。

「え？　あんなに強いハイオークに、どうやって勝てたんだ？」

「えーっと……うちの旦那さんがこう、パチンって感じで」

イドの真似をして拳を振って見せる。皆冗談だと思ったのかそこで一旦大笑いした。

「あはは、面白い冗談だな」

「…………」

「あははは……冗談じゃないの？」

「うん。本当」

再びあんぐりする町の人達。イドの強さ、皆にも見せてあげたかったな。見たら多分もっと驚くだろうな、なんて考えて私は一人クスクスと笑っていた。

その後、報酬を受け取った私たちはすぐに家へ帰ることにした。町の人たちの賞賛の声。嬉しい限りではあるが、ちょっと恥ずかしい。だって私たちを英雄のように扱うんだもの。こんなところにいたら、恥ずかしくて死んでしまう。次会う時は、普通に扱ってほしいものだ。

町の外へと移動し、私は『空間移動』を試してみることに。一瞬で家に帰ることができる【マイホーム】の機能の一つ。どんな感じなのだろう。

クマ達は歩いて帰って来てくれるらしく、私とイドだけが能力で帰宅することにした。

「『空間移動』！」

私とイドの体を細かい粒子が包み込む。視界が完全に、光に遮断されてしまう。そして光が収まったと思うと――そこはすでに我が家の前であった。

「……本当に一瞬で移動できたね」

「おう……なかなかすげーじゃねえか」

能力に驚く私とイド。これはまたとんでもなく便利な能力が手に入ったものだと感心しながら、家の中へと入った。これは移動が楽になるな。

でも欠点が一つ。クマ達は一緒に帰ってこれない。使えるのは私とイドだけ。皆も運べる力があったら、より良かったんだけどな。

翌日、私はイドと共に家の外をのんびりと散歩することにした。

『聖域』の効果もあってか、以前植えた山野草の種が早々と開花していた。すでに周囲には見渡す限りの緑。ライオウが地面をならし、手入れをしてくれたおかげだ。

私は自然の空気を大きく吸い込み、笑顔でイドと腕を組む。

「気持ちいいね。何にもないけど最高だね」

「そうだな……悪くねえかもな」

イドもいつもより穏やかな表情で周囲を見渡していた。何もないけど好きな人と散歩をするだけで心から幸せを感じる。本当に素晴らしい異世界生活。今でも夢を見ているみたいだよ。

「あ、ライオウ！　いつもありがとうね！」

「おう！」

ライオウは手持ち無沙汰でリビングの方から緑を見つめていた。あれだな。ライオウは動いてないと落ち着かないタイプなんだな。となれば、他に何か必要な物を作ってもらおうかな……材料は『ショップ』で手に入るから、手がかからない物を作ってもらおう。あまり面倒なことを押し付けるのもあれだしね。

「んん～。何が欲しいかな……」

「なんの話だ？」

「ライオウは常に何かをやっていたいんだと思うんだよ。だから物を作ってもらおうって考えてさ」

「ふーん。城でも作らせときゃいいんじゃねえのか」

「そんなのいらないよ！　城なんてさすがのライオウでも……作ってしまいそう？」

「だな。作りそうだな」

これは冗談でもライオウに言っちゃダメなやつだ。

「リナ様。必要な物なら『クリエイト』で作ることができるよ。わざわざライオウに作ってもらう必要はないよ」

「そうなんだ？　あ、そういえば『クリエイト』ってどんな機能なの？」

話を聞いていたクマが私にそう教えてくれる。私はリビングに行き、タブレットで『クリエイト』のアプリを立ち上げる。

「『クリエイト』は、自分のイメージした物を創り出せるという能力さ。でも現在のレベルは一だから……なんの機能も持たせることができないんだよ」

自分でイメージした物を創れるだなんて……凄すぎる！　え？　城だってイメージしたら創れるってことだよね？　でも機能を持たせられないってどういうことだろう。

「んと、機能っていうのはどういう意味？」

「そうだね……例えば、この世界には『炎の剣』と呼ばれる武器があるんだけど、それは炎を操ることができる剣なんだ。『クリエイト』を使えば見た目はそのまま『炎の剣』を創り出すことは可能なんだけど、炎を操る力までは付与することができないんだよ」

「ああ、なるほど……テレビを創っても何も映らない、みたいなことだね」

「そういうこと。もちろん、レベルが上がれば能力やシステムを持たせることもできるようになるんだけどね」

となれば、現状創って意味のある物は……なんの機能も持たない武器か、家具や壺みたいな物ぐらいかな？　だけどそれでも十分素晴らしい機能。

『ショップ』のレベルが上昇したことにより、信じられない物が色々と追加されている。木、小屋、家屋、遊具などが商品として並んでいた。私は目を疑い、ゴシゴシと擦ってもう一度確認してみたが……見間違いじゃない。やっぱり常識からは考えられないような物が揃っている。

私はワクワクしながら、何を創ろうかと思案する。

「ねえ、離れなんて作ったらどうかな？」

「え？　離れ？　なんで？」

「ほら、リナ様に子供が生まれたら僕らは一緒に住めないじゃない」

「あ、ああ……そうなるのかな」

現在クマ達は我が家の二階に住んでいるが、私達に子供ができたらその子達にも部屋が必要になってくる。

そんな時に他に家があれば、確かにすぐ移り住めるな。でも子供か……私は頬を染めてチラッとイドの方を見る。

「な、なんだよ」

イドは私から顔を逸《そ》らす。

イドって子供欲しいのかな？　私は……欲しいな。い、今すぐってわけじゃなく、将来的には、って話だけど！

「い、今は皆で住んでるから別にいいよ！　よ、よーし、庭に何か作っちゃおうかな」

「庭に？　必要か？」

「必要だよ！　庭に花が咲いてたりさ、バーベキューしたりお茶したり、色んなこと出来る方が楽しいと思わない？」

「なんだよバーベキューって？」

当たり前だけどイドはバーベキューを知らないんだな……でもイドのことだ、美味しい食べ物を食べられると知れば、絶対に気に入るはず。

うん。そうと決まれば早速創ってみよう。

「ライオウ。今日から庭の世話をしてくれる？　花壇とか作ろうと思ってるからさ」

「おう！」

一方私はイメージを始めるが、創りたい物が上手く想像できない。するとレンが横から教えてくれる。

「リナはん。タブレットで画像検索できますやろ？」

「え？　そうなの？」

異世界なんだから、このタブレットにネット機能なんて……あった！　私はその事実に驚きながら、画像を検索する。ネットまで出来るなんて、驚きが過ぎるよ。

花壇を創るため、自分の好みの画像を探す。カラフルなレンガの花壇に、大きな八の字の花壇。

オーソドックスな物も沢山あり、どれを選んでも見栄えがよくなりそう。しかも完成してる物をすぐに生み出せるなんて、嬉しすぎ。

これを作るのを楽しむ人もいるんだろうけど、私は完成品があった方が嬉しい。わざわざ作らなくてもいいし、楽でいいよね。

「そうだな……これを四つ創ろうかな」

私は八の字の花壇を選択した。円が二つある中に、交わった部分に小さな円がもう一つ。三つのコーナーに分かれてるような花壇だ。

「リナ様。花壇はどこに設置する？」

「うーん……じゃあここに創ろうかな」

リビングから外を見て、左右を指差す。『クリエイト』はアプリを立ち上げイメージをすると発動するようだ。

「『クリエイト』、発動！」

すると、地面に真っ黒な空間が生じ、下から花壇が浮かび上がってきた。

「うわ……魔法みたいだね」

あっという間に花壇がその場に生まれる。左右に二つずつ。計四つの花壇が一瞬で備えられてしまったのだ。花はまだ植えられていないが……一気に風景がカラフルになった。

「花を植えたら、もっと綺麗になるんちゃいますか」

「うん。私もそう思う」

レンと共に庭先を見つめ、どうすればもっと綺麗になるか、どうすればもっと見栄えが良くなるか、相談を始めた。

自分で好きにできる庭って……すごく楽しい。考えるだけで興奮が収まらないよ。

レンと相談して、ガゼボも創ろう、ってことになった。

ガゼボとは西洋の庭園のこと。これを『クリエイト』で創作し、家から十メートルほど離れた場所に設置した。中は五人くらいでくつろげるほどの大きさ。白い天井に四本の柱があり、四方を囲むカーテンがあるが、基本的には柱にくくり付けられており、それもとてもオシャレに見える。

ガゼボの中には少し高級なテーブルと椅子を五つ用意した。うん。ここで優雅にお茶をするのなんて楽しそう。

「ねえねえイド。ここに座って」

「こんなところで何すんだ？」

私はイドの手を引き、彼に席についてもらう。イドはこんなことをする意味が分からず面倒くさそうにしている。

「お茶、淹《い》れましたんで飲んでおくれやす」

「ありがとう、レン。レン達も一緒にお茶しよっ」

「ええんどすか？」

「勿論だよ。だって私達、家族なんだから」

「じゃあお言葉に甘えて飲ませてもらうかな」

クマ達もテーブル席につき、一緒にお茶を飲むことに。

レンが紅茶を入れてくれた透明なティーポットの中では、ふわっと花が開いていた。ティーカップに紅茶を注いでもらうとジャスミンの香りが鼻孔を抜けていく。

「うーん、いいねぇ。なんだかお姫様にでもなった気分」

「？　これがバーベキューかよ」

「あはは。違うよ。これはお茶だよお茶」

「お茶か……」

イドは紅茶を一口飲む。目を細めて飲むその姿はとても様になっていて、私はときめきを覚える。

私はお姫様のような気分を味わっていたけど、イドは本物の王子様みたい。紅茶を飲んだイドは一つ息を吐き出しガゼボの外の景色を眺める。

「……悪くねえかもな」

「でしょ？　いいよね。こうやって皆でお茶をするのも」

「僕も好きだな。リナ様達とのお茶。これからもしたいな」

「おう！」

他愛もない話をして、お茶をして、それがとても楽しくて。もう言うことないぐらい幸せだな……ポカポカ陽気を感じながら、私はほのぼのとそんな風に思っていた。

それからガゼボでのんびりと過ごし、気が付くとすでに夕方頃。空は真っ赤に染まり、涼しくて過ごしやすい気温になっていた。

今日の晩御飯はバーベキュー。リビングから出たところまで移動し、準備を進めていく。レンが肉を串に刺し、ライオウがバーベキューコンロに火を点ける。私は野菜を切りクマが椅子を用意してくれていた。

イドは肉や野菜を庭に運んで行き、深々と座れる椅子に腰をかける。

「へー。外で肉焼くのか」

「うん。外で食べるご飯も美味しいよ」

「俺は外の飯しかしらなかったけど」

そうか。イドは元々野生というか、家なんかなかったからな……でも、一人で孤独に食べるものとは違い、皆で外で食べる食事は別格のはず。イドにバーベキューを楽しんでもらえたらいいなと、私は祈るような気持ちで、バーベキューの温かい火を眺めた。

肉、ピーマン、玉葱、とうもろこしがコンロ上の網に置かれると、ジューッと焼ける音がしてくる。その音を聞くだけでイドはゴクリと喉を鳴らしていた。私はクスリと笑い、皆の分のタレを用意する。

「はい。これに付けて食べるんだよ」

肉が焼けたらしく、イドはそれを受け取りタレに付ける。

「あっ⁉」

串ごとガブリと一気に食べてしまうイド。だけど口の中でゆっくりと咀嚼している。串は大丈夫なのだろうかと心配するが……問題はないようだ。

「う、うめえ……メチャクチャうめえ！」

「そうだよね！　味もだけど、外で食べるご飯っていうのもいいでしょ？」

「ま、まあな……」

イドは一瞬顔を逸《そ》らすも、ニコニコしている私の方にもう一度視線を向け、ハッキリと言う。

「お、お前と外で食う飯……最高だって思ってるんだからな！」

イドのツンデレいただきました。

皆もイドが喜んでいるのを確認し、楽しそうに食事を始める。串を食べてはいけないということは、後で教えておくとして……私もバーベキューを楽しまなければ。

私も串を取り、肉を一口。甘辛のタレに大量の肉汁。ほどほどの硬さがある肉は噛めば噛むほどうま味が滲み出る。ピーマンなどの野菜も自然な甘みがあり、これもいい。

「おい、これ食っていいか？」

「お待ちやす。まだ焼けてまへんから」

ほぼ生焼けの物を取ろうとするイド。レンは急いで焼こうとするも、やはり限界があるのか時間がかかる様子。ソワソワしながらコンロを覗くイドが無性に可愛く思え、私は彼の頭を撫でる。

イドは私が頭を撫でている手の上に優しく手を置き、肉の方を凝視していた。肉に夢中で撫でられてるという意識がないんだろうな。

「ライオウ。もう一つコンロを買うから火を起こしてくれる？」

「おう！」

私は『ショップ』でバーベキューコンロをもう一つ購入する。

ライオウは着火の練習をしたのか、慣れた手つきで炭に火を点けていた。

「これで倍焼けるよ。もっと食べようね」

「おう。ありがとな、リナ」

「う、うん」

今日はいつもより素直なイド。私に笑顔を向けて普通に礼を言っている。少しのツンがあるイドもいいけど……ここまで素直なのも新鮮でいいな。

私はイドと腕を組んでパチパチと音を立てる火を眺める。

外はいつの間にか真っ暗だ。夜の中でここだけ赤い光を放っており、凄く不思議な感じ。

空には満天の星空があり、見ているだけで心が弾む。それだけでも最高なのに皆がいる。イドがいて、クマがいて、レンがいて、ライオウがいる。

「ほら、リナの分も焼けてるぞ」

「あ、ありがとう」

イドが私に肉を手渡してくれる。私は肉と共に最高の気分を噛みしめ、夜空の下のバーベキューを楽しんだ。

その後は寝るぐらいしかイベントは無かったけれど、眠っている最中でさえも幸せだったと思えた。

翌日。日を跨いでも幸福感はさほど薄れなかった。最高の朝だ。

外ではライオウがガーデニングを始めていた。花壇も拡張し、色とりどりの花が家の裏で咲き乱れている。しかし花の育つ速度が速いなぁ。嬉しいことだけど、これも『聖域』の力なのだろう。

お昼ご飯を食べ、イドが昼寝をしている間、私はレンと共に花を眺めていた。するとライオウがレンに何かを伝えたらしく、レンが私に説明をする。

「ライオウが、花をもっと増やしてもええかと聞いてますけど、どないしますか？」

「もちろんいいよ。花が増えたら私も嬉しい。でも増えすぎたらそれはそれでライオウも大変じゃない？」

「おう！」

私の問いかけに明るく返事をするライオウ。言葉は分からないけど、彼の気持ちは分るようになってきた。

どうやら問題はないようだ。仕事が多いことは彼にとっては嬉しいことらしい。

「ほな、この景色ももっと綺麗になりますなぁ」

「うん！　考えるだけでワクワクするね」

家の周りをもっと華やかになるのを想像すると楽しみで仕方がない。

花に囲まれた家って、ちょっと面白そう。

今日も幸せな日になるといい、そう思っていた時だ。

「リナー！」

「？」

遠くの方から、馬車が走ってくるのが視界に入る。どうやらメロディアの方角から来たようだ。道はライオウが作ってくれたから来れるのだけれど……誰？

私の名前を呼んでいるところを考えると、知り合いってことだよね。でも知り合いなんて姫ちゃん以外となると、王様ぐらいしか思い浮かばない。しかし声は女性のもの。姫ちゃんじゃない優しそうな声だ。一体誰なんだろう？

私は目を細め、声の正体を確認する。

「あ」

馬車を動かす御者。その隣でこちらに手を振っている赤髪の女性が見えた。あの人は……

「サリア！」

「リナ！」

サリア……以前私とイドが助けた女性だ。彼女は馬車が止まるなり、私に抱きついてきた。

「リナ！　リナのおかげで借金問題は全部解決したわ！　ありがとう！」

「ううん。あれで足りたの？」

「足りたなんてものじゃないわ！　おつりが多すぎて困るぐらい。だから残った分を返しにきたのよ」

そう言ってサリアは大きな布袋をこちらに手渡してきた。中には金色のコインのような物がぎっしり入っている。

「ああ、これがエリム？」

「そうどす。それ一枚で一万エリム。銀貨は一枚百エリム。銅貨一枚は一エリムどすな」

「そうなんだ」

エリムのことが分からない私に説明してくれるレン。となると、この布袋には一万エリムが沢山入ってるってことか……これは結構な大金だ！　数えていないけれど、持ち歩くには危険を覚えてしまうレベル。

「こんなに余ったの？」

「うん。ああ、会いたかったよ、リナ」

「私も。あの後どうなったか心配してたんだよ」

サリアは出逢った時とは別人のように笑っている。この間は人生に絶望していたようだけど、今は違う。希望に満ち溢れた瞳をしている。

良かった。辛くて死にたいと言っていたのに、今は生きているのが楽しそう。

それだけで嬉しくて、私は笑みをこぼしていた。

「だけど本当に漆黒の大地に住んでるのね、リナ」

「漆黒の大地？」

「ほら、ここって瘴気が満ちてたじゃない？」

「ああ……そうだったよね」

確かに最初ここに落ちて来た時は霧で真っ黒だった。今は【マイホーム】のおかげで見る影もなくなったけど。

「あ、そういえば、なんで私がここに住んでるって分かったの？」

「だってリナ、メロディアの町で有名になってたから」

「え？　有名って……なんで？」

「だって漆黒の大地に住んでるし、この間もハイオークを倒しちゃったんでしょ？」

「倒したけど……それがなんで有名になってるの？」

クスクス笑うサリア。

「とても可愛い女の子が仲間を率いて、強いモンスターを倒しただけじゃなく、漆黒の大地に住んでるなんて、信じられないような存在だからよ。まるで希少種の動物扱いみたいだったわよ」

「うわー、なんだか酷いなぁ。普通の人間なのにな、私」

まぁ【マイホーム】を扱うことはできるのだけれど。それ以外は至って普通の女子。のはず。

「でも漆黒の大地なんて言われてたのが嘘みたいね、ここ」

「うん。もうすっかり綺麗になりました」

「うん……いい場所。私も住みたいぐらい」

「住みたいって……お仕事は？」

「嫌な思い出しかないから辞めてきちゃった！　あんな王様がいる町に未練も無いし。新しく仕事を探すつもりなんだけど……この辺りに住んでフローガンに仕事しに行こうかな」

サリアの提案に、私は胸を踊らせた。近所に友達が住むなんて……楽しそう！　休みの日は庭でお茶したり、一緒にご飯食べたり……うわぁ、考えるだけでニヤニヤしちゃう。

一緒に住むのはイドが絶対に嫌がるだろうから、少し離れた場所に家を建ててあげたらいいし。

あ、そうなったらこの辺りを町みたいにするのも楽しいかも。ここからよりフローガン寄りの方に家を建てて、人が増えてってなったら……

「えらい楽しそうやな、リナはん」

「え、そうかな？」

「ずっとニヤニヤしとりますよ」

そんなに笑ってたんだ、私。でも考えるだけで楽しそうだもん。仕方ないよね。

「あれ？　また客人みたいですよ」

「え？」

メロディアの方角から今度は馬車と馬に乗る兵士達が走って来る様子が見える。

「……何あれ？」

「さ、さあ……私は知らないわ」

サリアも知らないらしいけど……何？　あの集団は？

怪訝に思っていたけど、馬車から出て来た人を見て、流石に驚いた。

「久しぶりだな、リナよ……お前、随分痩《や》せたな」

「え、あ、ええ……」

そう声をかけてきたのは、メロディア国王だった。

私を召喚し、私をバカにした人。少し腹立たしい気分になるが、こらえて彼の方に視線を向ける。

王様がなんでわざわざこんなところに？

「何か用ですか？」

「ああ。だが私というよりも彼女の方がな」

「え？」

馬車から王様以外に、二人の人物が続いて降りてくる。

「あ……」

その姿に私は驚愕し、固まってしまう。一人は姫ちゃんだった。もう一人は一緒に召喚された……確か、下柳くんって名前だっけ。

二人はこの世界に召喚された時とは違い、冒険者のような格好になっている。下柳くんは戦士風に。姫ちゃんは魔術師風だ。

でも、何故姫ちゃんがここに？

何故私のもとに？

何故……何故？

過去のことがフラッシュバックし、身体が震える。先ほどまでの幸福感が、嘘のように黒く染まっていく。不幸な日々の記憶が幸福な気持ちを上書きする。

「あれ？　なんで？　あんたメッチャ痩《や》せてんじゃん？」

「………………」

「まぁそんなことはいいんだけど……聞いた話だとあんた、結構強くなったみたいじゃん？　だったらさ、戻ってきなよ姫のところに。今のあんたなら使い道あるし、大歓迎！　オモチャじゃなくてちゃーんと仲間として扱ってあげるからさ」

「い、い……ゃ」

「はぁ!?　聞こえないっつーの！　何言ってんの？」

私は身体をビクつかせ、ニヤニヤ笑う姫ちゃんの顔を見る。怖い……例え姫ちゃんより強くなったとしても、彼女のことは怖い。

頭がずっと覚えている。あの時の辛さを。

身体がずっと覚えている。あの時の痛みを。

心がずっと覚えている。あの時の恐怖を。

「あ、この家が【マイホーム】？　いいじゃんいいじゃん。いい家じゃん。今日から姫もここに住むからさ」

「え……？」

「いいよね？　はい、決定！　今日からこの家は姫の物！　いやー、持つべきものは友達って本当だねぇ。里奈が友達で本当に良かったよ」

姫ちゃんは勝手に話を進める。その勢いに国王と下柳くんもポカンとしていた。

何も言い返せない。だけどこのまま姫ちゃんがこの家に住むなんて絶対に嫌。

私の平穏を壊さないで……お願いだからどこかに行って！

「――あんたがここに住む資格なんてありしまへんで」

「はぁ？」

レンがすっと私の前に出て、姫ちゃんと対峙する。その瞳は氷のように冷たく、視線だけで人を殺せるほど。

姫ちゃんがたじろぎ、一歩後退する。

「あ、あんた誰よ!?」

「うち？　うちはリナはんの従者。この方を守るんがうちの役目や」

「こ、こいつの従者？　だったら姫の従者ってことじゃん？」

「何言っとりますの？　なんでうちがあんたなんかの従者せなあきませんの？」

「だって里奈は姫の下僕だし。下僕の下僕なら、姫に従って当然じゃない？」

そのタイミングでクマがリビングの方からパタパタ翼を動かし飛んで来た。表情に変化は見られないが、滲み出る怒りのようなものを発している。

「バカ言わないでよ。リナ様を下僕なんて言う人に従うわけないだろ」

そしてレンと同じく、姫ちゃんを睨む。

「大丈夫だよ、リナ様。リナ様は僕らが守るから。だから安心してそこにいて」

「クマ……」

クマの温かい声に涙が溢れる。私は本当にいい家族に恵まれた。クマもレンも、全力で私を守ろうとしてくれている。それに――

「おう！」

ライオウもいる。

「ななな、何よこれ⁉　ショベルカー⁉」

ライオウが重機に乗り、姫ちゃんを轢《ひ》こうとする。その動きに迷いはなかった。躊躇することなく重機を加速させるライオウ。

姫ちゃんは咄嗟に飛び退き、しりもちをつく。

「お、おい大丈夫か、姫乃！」

「は、早く起こしなさいよ！」

倒れた姫ちゃんを心配する下柳くんは、彼女の体を引き起こす。そして姫ちゃんの隣に立ち、こちらに視線を向けるが……レンたちの迫力に、一歩後退する。

クマとレンだけではなく、ライオウも怒ってくれているんだ。重機で轢《ひ》こうとするのはやりすぎだけど……嬉しい。嬉しいよ、皆。

「こいつら何⁉　おい里奈！　お前の下僕なら、さっさとどっか行かせろって！」

「げ、下僕じゃないよ。皆私の家族だもん！」

「はぁ？　何言い返してんの、あんた。お前は姫の言うこと黙って聞いてればいいの！」

既に置物と化している国王は呆然と私達のやりとりを傍観しているだけ。レンは怒声だらけの姫ちゃんとは対照的に、冷静な声で対処する。

「あんたと違ってリナはんは純粋なんどす。下僕なんて汚い言葉使いまへんから」

「……純粋なのは相変わらずなんだ。こいつ本当に綺麗ごとばっか言っててムカついてたんだよねぇ」

「綺麗ごとの何が悪いのさ。汚く相手を罵ることなく、綺麗な言葉で他人を温かくする。それは誰にもできることじゃない。だけどリナ様はそれができる。人を傷つけることしかできない君に、純粋なリナ様をバカにする資格なんてないよ」

「このチビ……姫に何言ってんの!? もうムカついた……あんたら全員ぶっ飛ばしてやろうかな！」

姫ちゃんは右手の中に、魔力を集中させ始めた。その力は彼女が自信を持つだけのことはあるとは思う。だけど、私たちから見れば大したことはない。

姫ちゃんに同調するかのように、下柳くんは背中の剣を引き抜くも……誰も反応はしなかった。彼からは怖さも迫力も感じない。放っておいても問題ないと、レンたちは判断したようだ。

姫ちゃんが魔術を放つより早く、クマが【風水術】を使用し、地面から蔦が生え伸びる。蔦は姫ちゃんの身体に纏わりつき、拘束した。

「ちょ、何よこれ！ 離しなさいよ！ すぐに解けってば！」

「解くわけないだろ。だけど、君が帰ると約束するなら解いてあげるよ」

「待ってろ、姫乃！ 今俺が助けてやっから！」

下柳くんが剣で蔦を切ろうとするが——その刃が蔦を切り裂くことはなかった。金属に金属をぶつけたような鈍い音を立て、弾き返されている。

姫ちゃんは下柳くんでは当てにならないと踏んだのか、だが強気な態度を崩さず話を続けた。

「か、帰るわけないじゃん！」

「ほんなら、ここで氷像になりますか？」

レンが扇子から冷気を放つと、周囲の気温が少し下がる。姫ちゃんは寒さに体を震わせ、レンを睨み付けていた。

「そそそ、そんなのなりたいわけないじゃん！　いいからさっさと姫を――」

「おい、何騒いでんだよ？」

家の方からイドがやって来た。彼は寝起きらしく、あくびをしている。

「だ、誰、あんた？」

「ああ？　てめえこそ誰だ？」

イドが現れたことに信じられないほどの安堵と嵐の予感を覚え、私は額に冷や汗を浮かべた。

イドは身体を震わせている私を見て、クマに聞く。

「おいクマ。あれは誰だ……リナとどういう関係だ？」

イドの迫力にクマまで震え出す。

「ほ、ほら、リナ様をイジメてたっていう――」

「そうか。分かった」

そしてイドはクマの説明を最後まで聞くこともなく姫ちゃんの目の前に立つ。

「ちょ……カッコいい！　近くで見たらメッチャいい男じゃん！　え？　こんな美形見たことないんだけど？　え？　え？　誰？　この人誰？」

イドの容姿に興奮しながら私に訊いてくる姫ちゃん。私は答える気にもならず黙っていたが……やはり姫ちゃんはそのことに腹を立てたようだ。

「おい里奈！　姫が聞いてんだから答えろよ！　このノロマ！」

「俺が目の前にいんだろうが。リナより直接俺に聞け」

「あ……えっと、あんた名前なんてーの？　良かったら姫と付き合わない？」

「バーカ。てめえみてえなブスと付き合うかよ。俺にはリナっていう最高の女がいるんだからな」

「だ、誰がブスよ！　姫は可愛くてモテるんだから！　里奈なんかより姫の方が絶対可愛いでしょ!?」

イドは大きく嘆息し、レン達の方に向く。

「こいつとリナだったらどっちがいい女だと思うよ？」

「絶対リナ様だよ」

「千対一ぐらいでリナはんやわ」

「おう！」

イドは姫ちゃんの顔に向き直り、鼻で笑う。

「だってよ。満場一致でお前の負けだ。リナの方が一億倍可愛いんだよ」

「ひ、姫は努力してるんだって！　可愛くなるために化粧頑張って、ケアも頑張ってさ！　体型維持するために筋トレだってしてるの！　そんな姫が、こんな女に――」

「外見の話なんてしてねえよ。てめえは性格がブスだって言ってんだ。ま、外見にしてもリナの方があれだけどな……」

照れるイドに私も照れる。イドって私のこと可愛いって思ってくれてるんだ。

「まぁそんなことはどうでもいい。とにかくだ。いずれお前にはお礼をしに行こうと思ってたんだがよ……そっちから来てくれて手間が省けたぜ」

「れ、礼って……なんの？」

「俺の嫁がずいぶん世話になったみてえじゃねえか」

「よ、嫁って……里奈のこと言ってんの？」

「ああそうだ。俺とこいつは夫婦関係でな……だからリナのやられた分の痛みは俺が返す」

姫ちゃんは鬼のような形相で私を睨む。私はその顔が怖くて、彼女から顔を逸《そ》らした。

「なんで……なんで里奈がこんないい男と結婚できんのよ！　なんで姫じゃないのよ……なんでいつも姫より上に立ってんのよ！」

「ひ、姫ちゃんの上に立つなんて……私、そんなこと今まで一度もなかったじゃない」

「あんたは無自覚で純粋で！　そんなことには気づかなかったんだよ！　姫は努力して努力して……なのにあんたは姫より可愛いって言われて……許せなかった。姫はそれが許せなかったの！」

「ハッ！　つまんねー女だな、お前。誰かに可愛いなんて言われるのがそんなに大事かよ」

「大事に決まってんじゃん！　女は容姿で全部決まるんだから！」

イドは呆れて肩を竦める。

「容姿で全部決まるわけねえだろ。全部心で決まるんだよ。リナの心は純粋で……誰よりも温かい。だから俺はこいつを選んだ。だから俺はこいつに惚れた。だから俺はこいつと生きていくと決めた」

「…………」

「お前には大事なことがなんにも見えてねえ。俺の心でさえ溶かしたリナの心……その輝きにお前は嫉妬してたんだよ」

「僕もそう思うよ。本当は外見なんかじゃない。リナ様の心に嫉妬してたんだよ、君は」

「う、うるさいうるさいうるさい！　もうそんなのどっちでもいい！　どっちでもいいから姫に協力してよ！　あんたの力があれば姫も活躍できんでしょ？　それならいい男探せるんだからさ！　ね？　いいから姫の仲間になって、一緒に魔族王倒そ？　そうしたら皆幸せでそれでいいじゃん！　私と勝也で魔族と戦いに出たけど、二人じゃ勝てそうにないのよ！　協力してくれたらこれまでのことも、全部水に流してやるからさ」

姫ちゃんが支離滅裂なことを言い出した。目は挙動不審かというぐらいキョロキョロ動いているし、動きに落ち着きがない。何と言うかその……ちょっと壊れちゃった？

下柳くんはイドに対して恐怖心を抱いてしまったのか、腰を抜かして倒れている。イドも下柳くんに興味はないらしく、視線を向けることもしていない。

「水に流すのはリナの方なんだよ。てめえが何仕切ってんだ」

「うっさいうっさい！　姫が全部決めるの！　ぜーんぶ姫が決めて皆は従ってくれたらいいじゃん！」

「アホか。もう話にもなんねーみてえだな」

そう言うとイドは右手を振り上げる。殺すつもりだ……そう判断した私は咄嗟に叫ぶ。

「イド！　殺さないで！」

私の言葉にイドの手はピタリと止める。そしてこちらを見ることなく、呆れたように静かに言う。

「……こんな女どうでもいいだろ」

「どうでもいい！　でも、イドに人殺しはしてほしくないの！」

「………」

イドはため息をつくと、今度は目を大きく見開く。赤い目がいつも以上に赤く輝いている。

「どっちにしても、リナはてめえに地獄を味わされてきたみてえだからな……借りだけは返しておく。人を傷つけてきた奴は傷つけられる。リナがそう言ってたぜ」

「な、何するつもり……？」

「お前には面白いプレゼントをしてやる。まぁ殺されないだけでもありがたく思うんだな」

イドの目の輝きに呼応するように、姫ちゃんの身体が震え出す。

「止めて……怖い……怖いから止めてよ！」

「リナもずっとそう思ってたはずだ。お前にも同じ恐怖を与えてやるよ」

「止め――」

突然姫ちゃんは痙攣し出し、その場に倒れ込んでしまう。蔦はクマが解放したようだ。大地へと自然に還っていく。姫ちゃんは倒れた後も身体がビクビクしており、涎を垂らし始めた。

そして数秒後、目を覚まし、大量の涙を流して身体を縮こませる。

「え？　ええ？　生きてる……ええ⁉　現実？　なんなの今のは？　じ、時間も経っていない……？」

戸惑いっぱなしの姫ちゃん。私達が何も変わらずこの場にいることに、恐怖と戸惑いを感じているようだった。それに何故かいきなり老け込んだように見える。

「お前には、三日間の地獄を体験させてやった。だが現実ではまだ数秒しか経っていない」

「う、嘘……」

「じゃあ本番いってみるか……お前にはこの現実世界で一年ほどの地獄を体験させてやる」

「……止めて」

涙を流してガタガタ震え出す姫ちゃん。

「こっちで一年。お前の地獄はどれほど続くんだろうな……？」

「お願いだから止めて……止めてください。お願いしますぅ」

涙を滝のように流し、イドに懇願する姫ちゃん。しかしイドは瞳を赤く輝かせながら彼女に告げる。

「却下。てめえは地獄で反省してろ」

「いやぁあああああああああああああああ！！」

また姫ちゃんが倒れ込み痙攣を起こし、涎をダラダラと流し始める。その様子を見てイドは鼻を鳴らし、私の方に振り向く。

「……何したの？」

「【邪眼】って能力を使って心の中で地獄を味わせてやってるんだよ。ま、一年ぐらいしたら元に戻るから気にするな」

「じ、地獄ってどんな体験させてるの？」

「それは……とてもじゃねえがお前に聞かせらんねえな」

ニヤリと悪そうな顔で笑うイド。イドが姫ちゃんにしたことを想像し、私は背筋を凍らせていた。

一体どんな体験をさせてるの⁉

姫ちゃんが意識を失ったことにザワつき始める周囲の人達。

「お、おい！　わ、私にはあんなことしないか？」

「はぁ？　誰だてめえ」

「メ、メロディア国の国王だ」

「ほー、てめえがか……まぁことと場合によるな」

「ひっ」

国王がイドの顔を見て、ガクガク震えている。どうも姫ちゃんにやったことに恐怖を感じているらしい。

下柳くんは腰を抜かしたまま逃げようとしており、涙を流してイドと距離を取っている。国王は一瞬下柳くんの方を見るが……青い顔で懇願するように私の方を見る。

「お、お願いだ……私達を助けてくれんか？」

なんだか困っているようだけど、どうかしたのかな？

「えっと……何かあったんですか？」

「我々の住む町へクロズライズという魔族が攻め込もうとしているのだ……だがあれを相手にできる者がいないのだ……ヒメナの力とカツヤの力を持ってしても奴を止めることは不可能だった。頼む。この通りだ。君の力であやつを何とかしてくれんか？」

「そ、それは大変ですね」

姫ちゃんと下柳くん……どれほどの実力を有していたのかは定かではないが、でも召喚されて特別な力を持っていたはずだ。そんな二人でも敵わない相手。

だが私は考える。姫ちゃんと下柳くんは、私達からすれば大した力を持っていない。そんな私達なら、その魔族と戦うことだって可能かもしれないと。

国王にはバカにされた恨みはあるけど……こんな私に頭を下げるぐらいだ、切羽詰まっているのだろう。仕方ない。

いいよと返答しようとした私——しかしレンが扇で優雅に塞いながら、私の口を塞ぐ。

「んんん？」

「すんまへんけど、あんさんらを助けるなんてできしまへん」

「な、何故だ!?　こんなに頼んでいるのに何故ダメなのだ？」

「だってあんさんら……この世界に来たばっかりの、一番不安やった時のリナはんを笑いものにしたんやろう？　そんなん、許せるわけありしまへん」

「そういうことだ。今すぐリナの前から消えろ。こいつみたいに、地獄を味わいたいのなら話は別だがな」

「ひぃいいいい⁉」

イドの高圧的な視線に怯える国王。そんな中で、クマは私に耳打ちしてきた。

「ねえリナ様。こいつから何か嫌な雰囲気を感じる。絶対何か企んでいるんだよ」

「そ、そうなの？」

「多分だけどね。素直に頭を下げているようには見えないよ」

私には必死にしか見えないけど……どうなんだろ。考えていると、今度はサリアがクマとは逆の方から耳打ちしてくる。

「ねえリナ。あまりこの人を信用しない方がいいわよ」

「え？　サリアが住んでいたところの王様だよね？　なんでそんなことを言うの？」

「あいつのことをよく知っているからよ。あいつに騙されて両親は借金を作る羽目になったんだから」

憎しみを込めて国王を睨むサリア。

「お父さんは商売をしていたんだけど……国王の頼みで城に大量の商品を納品することになったの。でもこいつは料金をまともに支払うことはなかった。お父さんを騙していたのよ。あの時のことは今でも覚えている。こうやって悲壮感を出してお父さんに頼み込んでいたわ」

「そっか……そうなんだ」

サリアが借金まみれになったのは国王が原因。じゃあ今回も、私達を騙そうと企んでいるってこと？　クマもそう言っているし、そうなんだろうか？

私は必死な国王に視線を向け、話を聞くことにした。

「あの……あなたは本当に困っているんですか？」

イドに怯える国王は、涙を流しながら私を見つめる。

「本当だとも！　あの時のことは謝る！　心の底から謝罪しよう！　だから許してくれ！　そして我々を助けてくれ、この通りだ！」

大袈裟に頭を下げる国王。そして後ろを振り向き、兵士の人達にも「お前らも頭を下げろ！」なんて怒鳴りつけている。兵士の人達も私に頭を下げ、助けを乞うてきた。

「お願いです、我々を助けてください！」

「このままではメロディアはおしまいです！」

彼らは必死でそう訴えかけてきた。

これって、少なくとも兵士の人達は真剣なんじゃないのかな？　本当に助けてほしくて、それでこんなに必死になってるんだ。

「この人、本当に助けてほしいだけかもしれないよ」

「だとしてもだ。助ける必要はねえだろ。だってお前はこいつにバカにされたんだろうが」

「そうだけど……でもこんなに困ってるみたいだよ？　この人だけじゃなくて、皆困ってるみたい」

「ああ……私を助けてくれるのか？」

国王は涙を流しながら、右手の人差し指をぐっと噛む。するとサリアが急に国王を指差しながら叫び出した。

「騙されちゃダメよ！　あいつは何か裏がある時は人差し指を噛む癖があるの。お父さんを騙した時だってそう！　侍女として城に潜り込んだ時、召喚をする話を盗み見していた時だってそうしていたわ」

「なっ⁉」

青い顔をする国王。サリアの言ったことに驚き、自分の右手を見下ろしている。

「わ、私にそんな癖が……？」

「さあ？　私にもよく分からないけど。でもあんたは何かを企んでいる時は本当にそうしてたから」

「は、謀ったのか⁉」

今度は顔を真っ赤にする国王。だがハッとし、汗をダラダラ流して私の方を見る。

「こ、こいつの戯れ言など忘れてくれ。私は本当に――」

国王が何か言い訳しようとしたその時であった。イドが彼の顔を、右手で掴む。そして片手で国王の体を持ち上げ、悪魔のような表情で睨みつける。

「むぐぅううう⁉」

「もう喋んな、このボケが……純粋なリナを騙そうとしやがったことは絶対に許さねえ」

「ふあふふあふ！！」

「もう何を言っても無駄だよ。イド様は相当怒ってるみたいだからね」

ジタバタもがく国王。するとイドがレンに目配せをする。え？　何それ？　なんのつもり？　そう考えるやいなや、レンが突然私の顔を国王から背けさせ、両耳を塞ぎ出した。

「え、ちょっと何するのレン⁉」

すると背後から何か、骨が折れるような……そんな音が聞こえたような気がした。それと同時に国王の叫び声も聞こえたような気がするんだけど……これ、幻聴じゃないよね⁉

それから五分ほど経っただろうか。ようやくレンに解放された私は振り返ってみるも……国王の姿が見当たらない。

「……国王はどこにいったの？」

「ああ。馬車の中にいるぜ」

「……何があったのかな？」

「さあな。ま、もう一生喋ることはできないだろうがな」

一体何をやったの⁉

イドは私に説明するつもりはないらしく、とぼけた表情をしている。レン達も私から視線を逸らし、何も言おうとしない。

ただ、依然として呻いている姫ちゃんの横で腰を抜かしたままの下柳くんが、イドを見上げて生まれたての子羊のように震えている。そこまでイドを怖がるようなことが？　何があったのか気になるけど、誰も教えてくれそうもない。このことの詳細を生涯知ることはないんだろうなと、私は苦笑いをする。

「とにかくだ。これ以上お前に無理強いされるような真似はさせねえ。もし次にあのアホがここに来るようなことがあれば……お前らの国を亡ぼす。いいな？」

兵士の人達がイドの迫力にブルブル震え、何度も首肯している。皆が皆、イドに怯えきっているようだ。

そう言えば、怖いで思い出したけど、いつの間にか姫ちゃんに対しての恐怖心が消え去っていた。イドが決着をつけてくれたからだろうか。目の前で呻き声を上げている姫ちゃんがいるというのに。

「イド。本当に姫ちゃんは目を覚ますんだよね？」

「んだよ。まだこいつのこと気にしてんのかよ？　お前をその、イジメてたって話じゃねえか」

「もう姫ちゃんのことはどうでもいいの。でも、さっきも言ったけどイドに人殺しをしてほしくないだけだよ」

「……俺が人を殺すのは嫌か」

「うん。嫌だ」

私は即答した。するとイドは自分の額に手を当て、私に言う。

「……分かった。お前の嫌がることはしねえ。そう決めてるからな」

「イド……」

「俺は人間を殺さない。それでいいか？」

「うん」

私は嬉しさにイドの手を握りしめる。イドは少し照れ臭そうにしているが、私の手を優しく握り返してきた。

「あ、あの……」

「ああ？　なんだ？」

「ひっ！」

私に兵士の人が話しかけようとするが、イドが彼を威嚇する。私はイドをなだめて、兵士の話を聞くことにした。

「どうしたんですか？」

「え、ええとですね……国王の考えはともかくとして、我が国が危険にさらされているのは事実なのです」

イドに怯えながらも、私に語り掛ける兵士。

「北の方角にある町、インデュアーサにガーゴイルのクロズライズという魔族がいます……クロズライズというのは魔族王の接近の一人で、奴はインデュアーサを滅ぼし、次はメロディアを狙っているのです」

「クロズライズ……って、強いの？」

すかさずクマが補足してくれる。

「魔族王を除いて、魔族の中では五本の指に入るぐらい強いね」

「うわぁ……メチャクチャ強いんだね」

私はたらりと汗を流す。

五本の指に入る魔族って私じゃまだまだ勝てないよね。そんな化け物が、メロディアを襲おうとしてるんだ。

「それで……勝手な話ではありますが、我々を助けてはくれませんか？」

「いいよ」

「おい、リナ！」

イドは大声で私を怒鳴り、それから私の肩に手を置き、話を続ける。

「こんなバカな連中のことは放っておけばいいだろうが！　お前を笑い者にした連中だぞ⁉」

「笑った人はこの場にいないよ。それに、困っている人達は、サリアと同じでメロディアに住む人達でしょ？　町の人達にはなんの罪もない。だから助けてあげなきゃ」

「お前……相手はクロズライズだぜ？　到底お前が敵うような相手じゃねぇ」

「私にはクマもレンもライオウも付いてくれている。きっとなんとなるよ。それにイドがいるし絶対大丈夫でしょ？」

イドは嘆息し、私から視線を逸《そ》らす。

「俺はこれから用事があんだよ。助けにいけねえぞ」

「だったら私達だけで助けに行って来る。なんともならないかも知れないけど、なんとかしてあげないと。嬉しいことに私達には力があるしね。イドの血も分けてもらったし、皆を守れるぐらいには強いんじゃないかな」

「……俺はお前以外の人間がどうなろうと知った事じゃねえ。でもお前を危険な目に遭わすつもりもねえ」

私の目を真っ直ぐに見つめるイド。その目を私も見つめ返す。私の姿が映るイドの瞳の中には、強い意志を感じる。

「だから……お前がやるってなら、途中まで、俺が一緒について行ってやる。街の近くまでな」

「ありがとう、イド」

大丈夫だ。イドはいつでも私を助けてくれる。何があろうとイドがいてくれるから大丈夫だ。

「それから、俺の用事が終わるまでそこで待ってろ。いいな」

「うん……クマたちは私に付き合ってくれる？」

「当然だよ。僕達はリナ様にどこまでも付き従うと決めているからね」

「そういうことです。たとえ地獄の果てでも、お付き合いさせてもらいますえ」

「おう！」

気持ちよく返事をしてくれるクマ達。

「リナ……私は皆に伝えるよ。メロディアを助けてくれるのはリナ達だって」

「サリア……そんなの必要ないよ。私は困っている人を助けてあげたいだけ。別にいい風に思われたいから行動するわけじゃないの」

「リナみたいに本物の英雄みたいな行動をする人が誰にも知られないなんて、私の気が済まない。

絶対に皆に言いふらしておく！」

興奮しているサリアに、私は苦笑いを向ける。本当にどっちでもいいだけどな。

私はただ誰かを助けてあげようと思ってるだけなのに。

「お前ら。もうさっさと消えろ。もうここに用事はねえだろ」

「は、はい！」

「あと、これ以上頼み事に来ても、お前らの国を亡ぼす。助けるのは今回だけだ。いいな？」

「はぃいいいいい！！」

国王を乗せた馬車と共に兵士達は全速力でこの場を去って行く。というか、逃げていったというのが正しいような気がする。

「おい」

「はははははははは、はい!?」

震える下柳くんに、冷たい声でイドが言う。

「この女を連れて行け。邪魔だ」

「かしこまりました!!」

腰が抜けていたはずなのに、イドの一言に彼は起き上がり、そして姫ちゃんを抱き上げ馬車へと飛び込んだ。

そういや、下柳くんにもバカにされたんだったな……だけど、これだけ情けない姿を見たんだから、ま、いいか。

とにかくこれで、姫ちゃん達とのことは終わり。過ぎたことはきれいさっぱり忘れることにしよう。次はクロズライズという魔族のことだ。

「私達も行こう。まだすぐ襲ってくるわけじゃないんだろけど、出来るだけ早く安心させたいしね」

私の言葉にクマ達が頷く。

私達はそのまま、メロディアに住む人々を助けるためにクロズライズの元へと向かうことにした。ドラゴンの姿に変身するイド。イドに運ばれた私達は、早々とメロディアの北側に到着する。イドは私達を草原へと下ろすと、再び翼を広げた。

「イド、どこ行くの？」

「用事があるって言っただろ」

イドはぶっきらぼうな声で私達に言う。

「いいかお前ら、ここを動くんじゃねえぞ。用事を済ませたらすぐに帰ってくるからよ」

「イドはん、そんな急がんでもよろしいやないですか？」

「急がなくてもいいけど、俺は今日って決めてたからな。俺は決めたことは実行することに決めてんだ」

「気持ちは分かりますけど、リナはんがどうなってもよろしいんどすか？」

「よろしくねえからここを動くなって言ってんだよ！　ああもう、なんとかって奴を相手にするなら俺がやってやる。だからここでジッとしてろ！」

イドはそれだけ言うと、メロディアの方角に向かって飛んで行ってしまった。

「ねえレン。イドの用事って何か知ってるの？」

「ああ……知っとるような知らんような……」

扇で口元を隠し、私から視線を外すレン。

「え？　何々、教えて？　それとも私に言えないこと？」

「そんなことありしまへんけど……でもイドはんに言うな言われてますので言えしません」

まさかのイドとレンの内緒話！　まぁでも、変な話じゃないと思うけど。イドは私のこと……好きでいてくれてると思うから。

だから私はイドのことを信じてる。好きな人のことは、心の底から信じるんだ。

「さて、と、待てって言われてるから現状の確認だけ……って、あれ何？」

北の方角に土煙が上がっている。南下して何かが来る。

「た、助けてくれ！」

「大変……あの人モンスターに襲われてるよ！」

「ゴブリンにオーク、それにゾンビ型モンスターのグールなんかもいるね」

戦士風の男性達が大勢のモンスターに追いかけられているようだった。

「敵の数は多いみたいだけど、私達なら十分勝てる相手みたいだね」

「ほな、行きましょか」

私達は追いかけられている人達を助けるためにモンスターとの戦闘に突入する。

数はおよそ二百と言ったところだろうか——だが私達には負けない確信があった。

「……っ、強い！」

「どうなっているんだ、あの子達は」

モンスターと戦闘を開始した私達。背後で男の人達がそれを見て唖然としていた。私達がモンスターを圧倒している姿に。苦戦もせずに敵を倒していく姿に。

「普通の人から見たら、私達って強いんだね」

「そのはずだよ。もう上級者レベルと言っても過言じゃないね」

「おう！」

こちらの戦力に、瞬く間に敵の姿が消滅していく。自分の予想を超える速度で勝つことができた。

二百程いたはずなのに、ものの数分で戦いは終わった。

私は一息つき、男性達の方に視線を向ける。

「大丈夫？」

「え？　あ、ああ……ありがとう」

「どういたしまして」

呆然とする男性達。そんなに驚くほど強いんだ、私達って。

「あ、あの、すまないがまだ他に仲間がいるんだ！」

「仲間？」

「ああ。俺達は国からの依頼でクロズライズの偵察に向かっていたのだが……敵に姿を発見されてしまったんだ」

「逃げ遅れ、隠れている連中がまだ残っているんだ。頼む……そいつらを助けてやってくれないか？　君達の力があればそれができるはずなんだ」

「いいよ」

「相変わらず判断が早いどすな。まぁそれがリナはんのええとこですけど」

レンが扇で自分を扇ぎながらそんなことを言ってくれる。よく分からないけれど、いいところなんだ。ここは素直に受け取っておこう。

「いいのかい？」

「うん。すぐに行くよ。皆もいいかな？」

「いつも言っている通り、僕達はリナ様に従うだけだよ」

「ありがとう、皆」

私達は北の方角に向かって走り出す。私含めて皆体力があり、息切れは一切起こしていない。

クマはパタパタ可愛らしく飛んでいるだけだけど、皆から離されないぐらい、早い速度が出ている。

「イド、怒るかな？」

「さぁ……でもリナ様のことを分かっているから大丈夫だと思うよ」

「心配はしはるでしょうけど。あの人は心の優しいええ方やから」

「うん。そうだよね。イドは優しいもんね」

冷たそうにしか見えないイドの暖かい気持ち。それを考えると心がホッコリする。

勝手なことをしてちょっと怒られるかもしれないけど、うん。イドなら分かってくれるはず。

安心して助けにいこう。

「でもクロズライズにはあまり近づかないようにはしよう。見つかったら大変だ」

「うん……私達には敵わない相手だよね？」

「おそらくね……魔族王の四人の側近なんて呼ばれている化け物相手には、流石に勝てないだろうね」

レン達もそれには同意見らしく、静かに首を縦に振っていた。

これは気をつけないといけないな。相手にバレないように、他の人達を助けてあげよう。

草原を駆けて行くと、途中から荒地に変化していく。

モンスターが大地を枯れさせるなんて言っていたけど……強いモンスターがいるのが関係してるのかな？

「リナ様」

そんな風に考えている時、クマが隠れている人を発見する。木が数本生えている場所があり、そこに身を潜めているようだった。

「皆、大丈夫？」

「き、君は？」

「さっき皆の仲間に助けてくれって頼まれたんだ。だから来たよ」

「た、助けに……？　君達が？」

当然だがこの人達は私達の実力を知らない。まぁ普通に考えたら、こんな女子達が強いと思うわけないと思うけど。

あ、でもライオウは強そうにしか見えないよね。

「うん。仲間の人達も助けてあげたんだよ。だから安心してこのまま南に逃げて。モンスターが現れたら私達が守るから」

「え、ああ……ありがとう」

怪訝そうな顔をしつつも、動きだす男の人達。大して敵と戦わずにここまで来れたけれど……帰りもそうだったら嬉しいな。

なんて思っていたけれど、北の方角からとんでもない数のモンスターが姿を現す。

「えええっ!?　なんであんなに……」

「隠れてるこの人らの動きを窺《うかが》ってたんとちゃいますか？」

「なるほど……でもこれは数が多すぎだよ。なんでこんなに」

敵の数はさっきの数倍はいるようだった。私達なら勝てると思うけど、流石にこの人達を守りながらは戦えない。

「皆、走って！　私達があれを押さえるから」

「ええっ!?　あんな大群とどうやって……」

「いいから早くしよし！　ゴチャゴチャ言うとる場合ちゃうやろ！」

珍しく怒鳴るレン。男の人たちはレンの怒声に驚き、素直に応じる。

南へ逃げていく姿を確認し、私達はモンスターの大群と激突する。

「これだけ倒したら、結構な稼ぎになりそうだね」

「さっきのモンスターの心臓も回収したしね。イド様には遠く及ばないけどいい小遣い稼ぎになったんじゃないかな」

私はクマとそんな会話をしながら敵と戦っていた。クマは【風水術】で敵を翻弄し撃破していく。

「そんだけ余裕があったら、なんの心配もいりまへんなぁ」

「うん。私達は強い。これぐらいなら大丈夫だよ」

「おう！」

敵の数は確かに多いが……それでも私達は圧倒的だった。

私とレンの氷の魔術で敵を凍てつかせ、ライオウが前へ出て直に殴り敵を蹴散らしていく。ライオウが倒しきれなかったモンスターは私が剣で切り裂き、クマは他の皆をフォローする。

完璧とも言える連係プレイ。誰かが命じるわけでもないが、自然とそんな形を取っていた。

戦い初めて数十分――私達はモンスターの壊滅に成功する。

「ふー。今回もなんとかなったね」

「楽勝でしたなぁ。これからもこんな風に勝てたらよろしいどすけど」

私達は大群に勝利したことにより、安堵のため息をついていた。

しかしその時――遠くの方からバサバサ黒い翼を羽ばたかせ、こちらに飛翔する物体があった。

「……何あれ？」

「……いけまへん。あれはクロズライズやわ」

レンの頬を一筋の汗が流れる。私も同じように汗を流し、固唾を飲み込む。

「あはは……バレちゃったんだね」

「逃げよう、リナ様！」

「う、うん！」

心臓はまだ回収できていないけれど、そんな場合じゃない。とにかく今は、全力で逃げるんだ。

――しかし相手の動きが速すぎる。あっという間に回り込んでくるクロズライズ。私達は立ち止まり、息をのんで相手の姿を見上げた。

「こ、これは強そうだね……」

目の前にして分かる。圧倒的強者の雰囲気。

まさしく悪魔としか形容できない外見。

強靭でありしなやかな肉体。

そして鋭い爪と牙。

私はクロズライズの姿に怖気を覚えていた。これはどうにもならなさそうだ……私達がどうこうできるようなレベルじゃない。

バサバサ宙を浮きながら、こちらを見据えるクロズライズ。

「リ、リナ様……僕達を放って『空間移動』するんだ。そうしたらリナ様だけでも助かるから」

「そんな！　クマ達を放って行けないよ！」

「いいからお行きやす。うちらはリナはんの安全が第一なんどすから」

「おう！」

私を守るようにクマ達が私の前に出る。皆はそう言ってくれるけど……自分だけ助かるような真似はできない。

だって私達は――

「私達は、家族なんだよ。皆が危険だって分かってて、皆を見捨てて一人だけで逃げ帰れるわけないよ！」

「リナ様……ありがとう。僕達を家族だなんて言ってくれて。本当に嬉しいよ」

「それだけで十分やわ。ええから行ってちょうだい」

「だから行けないってば！」

――私が叫ぶのと、クロズライズが動くのは同時だった。

静から動。

いきなりのアクションに私は身体を硬直させる。私だけではない。クマもレンも身体が動かなかったらしく、クロズライズの動きを目で追うだけであった。

だが、ライオウだけは動き出す。私達を守るために、クロズライズと正面衝突する。

「ライオウ！」

「おう！」

組み合いになるライオウとクロズライズ。

力は拮抗しているように見える……もしかして、腕力だけならこのまま勝てちゃったりする？

私は胸に嫌な予感を覚えつつも、そんな淡い期待を抱いていた。

「おう⁉」

ライオウの身体が宙を浮く。クロズライズが上昇を始めたのだ。

そして一気に空高くまで舞い上がり――ライオウを蹴り飛ばしてしまう。

「ライオウ！」

弾丸のような速度で地面に突き刺さるライオウ。その一撃でライオウは気を失ってしまった。

「やっぱりどうしようもない程の化け物だ……早く逃げて、リナ様」

「迷ってたらリナはんも死んでまいます。うちらのことはええから、はよ行っておくれやす」

「だから、皆のことを放っておけないよ」

依然として私を守ろうとしてくれるクマとレン。その身体は震えているようだった。

そりゃそうだよ……あんなの相手に怖くないわけないよ。私だって怖くて足が動かない。

でも、だからと言って一人で逃げたくない。だって皆大事な家族なんだから。

「皆で逃げることを考えよう」

「リナ様。お願いだから逃げ――」

「このままじゃ私も皆も死んじゃうよ？　私達が死なないように、生き残る方法を考えよう」

「……分かりました。その代わりギリギリまでやってアカンかったら、逃げておくれやす」

「じゃあ皆で協力しよう。私だけ生き延びたって仕方ないんだよ。私はこれからも皆と生きていきたいんだから」

「リナ様……」

二人はどこか感激している面持ちだった。だけど今はそんなことより、クロズライズをどうにかするのが先決だ。

「クマ。クマは力持ちだからライオウを運んであげてくれる？」

「いいけど……どうやって近づくかが問題だね」

「……死んだふりしたらいいんじゃないかな？」

「熊だけにって言いたいの？　というか、それは逆だよね。熊と遭遇したら死んだふりするんだよね」

「それも悪手らしいけどね」

現実逃避で軽口に流れる私とクマに対し、レンが静かに進言する。

「隙はうちがなんとか作ります。ほなクマ、よろしゅう頼んますえ」

レンが左手に向かって全力で駆け出すと、クロズライズはレンの動きに反応する。

「そうや。こっちにおいでやす。おもろいもん見せたりますから」

レンに向かって飛翔するクロズライズ。するとレンはその場で立ち止まり、扇を全力で振り上げる。

「【アイスウォール】。全身氷漬けにしたるわ」

「‼」

クロズライズの身体が氷の氷壁に飲み込まれる。それを見て私はレンと挟み撃ちにする形で、クロズライズの後方に移動し、彼女と同じく氷の魔術を展開させる。

「二人がかりなら少しぐらいは時間を稼げると思う！　クマ、お願い！」

「うん！」

クマはライオウの身体を持ち上げ、そのまま南の方へと向かって飛んで行く。

「レン！　私達も逃げよう！」

「ええ」

最後にありったけの魔力を放出し、私とレンは全力で逃げ出した。

「私達、強いって思ってたけど上には上がいるんだね」

「そうですなぁ……でもうちらにはまだまだこれからがあります。今回生き延びたらの話ですけど」

冷静にそう言うレン。後ろを振り向くと……クロズライズが早々と氷壁を破壊し始めていた。

「もう少し持つかなって思ってたのに！」

「全然あきませんなぁ」

私は前方を向いてさらに加速して逃げる。背後ではパリンッと氷が弾ける音が聞こえて来た。全身に冷や汗をかき、心臓はバクバクだ。振り返る余裕もなく、ただ前を向いて全力で駆ける私達。

「わわわ！　出た！　絶対に出たよ！」

「出はりましたなぁ。これ逃げ切れへんかも知れませんなぁ」

何かを悟ったような表情のレン。ちょっと、死ぬ覚悟早すぎだよ！　私達はまだ生きていかないといけないんだから！

一瞬だけ視線を後ろを向けると――笑いながらこちらに飛んで来るクロズライズの姿が見える。

「わーわーわー！　もうダメ！　もうダメだよぉ！！」

クロズライズはすでに真後ろまで接近していた。奴は爪を振り上げ、私達を切り裂こうとする。

やられる！

そう思った私とレンは、お互いを守るように抱き合ってしゃがみ込んだ。

私は死を覚悟し、目をつむる。

あっけない最期になってしまった。まだまだやり残したことはある。後悔はしていない。皆と一緒に戦ったんだ。悔いはない。

でも……ごめんね、イド。勝手に死んでいってしまって。

それだけを私は心の中で謝罪する。

絶望と、イドを一人にしてしまう悔しさと申し訳なさ。色んな感情が胸の中で踊り狂う中、私は最後の瞬間を覚悟していた。

「…………」

しかし、いつまで経っても終わりは訪れない。なんで死んでないの、私？

恐る恐る目を開けてみると――クロズライズの腕を、今ここにはいないはずのイドが、掴んで止

めてくれていた。

「イド！」

「お前な……動くなって言っただろうが」

「ご、ごめん……困ってる人がいたからさ」

イドが助けに来てくれた。私は安堵に涙を浮かべる。

この圧倒的安心感。イドがいてくれたら大丈夫。私達、生きて帰れるんだ！

レンも同じように安堵したのか、微笑を浮かべてイドの顔を見ている。

「イドはん、『空間移動』を使いはったんやな」

「『空間移動』……そっか！　私のところに飛んで来れるんだったね！」

『空間移動』――【マイホーム】の機能の一つで、家に一瞬で戻れるというものだ。

だが伴侶であるイドは私の下に飛んで来ることができるし、私もイドの下まで飛んで行くことができる。いきなりイドが目の前に現れたのは、そういうことだったんだ……

「ちっ。お前らしいっちゃお前らしいが、あんまり心配かけさせんじゃねえよ」

「心配してくれるの……？」

「当たり前だろうが！　俺はお前のことが……大事なんだからな！」

いつも通りのツンデレ。凄く安心する。

イドはそれだけ言うと、掴んでいるクロズライズの腕に力を込める。

「っ……」

「俺の嫁に怖い思いさせやがって……覚悟しろ」

痛みにクロズライズの表情が歪む。

イドの赤い目に殺気がこもっているのが丸わかり。どうやらイドは完全に怒っているようだ。

私はそんな二人の様子を、息を呑んで見つめていると、イドが余裕たっぷりの表情でクロズライズを見上げる。

相手の身体は二メートルほどあり、イドより全然大きい。

今更ながら、こんなの相手にイドでも勝てるのだろうか？　一抹の不安が胸を過《よぎ》る。

しかし——

「なあ、少し遊ぶか？」

「？」

クロズライズの腕を握っているイド。するとイドはその腕を強引に片手で振り回し、相手の身体を地面に叩きつける。

「ぐおぉぉぅ！」

「ははは！　飛んでいけ！！」

次はクロズライズの身体を片手で引きあげ、遠くに投げ飛ばすイド。

「どっちが飛距離を出せるか勝負だ！　先行は俺がやらせてもらうぜ！」

まるで砲丸投げだ。そんな意味不明なゲームが始まってしまったことに、私はポカンとその様子を眺めていた。

クロズライズの身体は点になり、遠くの方でグシャッと音を立てて地面に落ちる。

「次はてめえの番だ。さっさとかかってきな」

「グルゥアアアアア！！」

爆発的な速度で飛翔するクロズライズ。憤怒の表情でそのまま頭から突っ込み、イドに高速の頭突きが炸裂する。

「⁉」

だが、イドの身体は微動だにしない。木の根が張ってしまったかのように、その場から微動だにしなかったのだ。

「おいおい、その程度かよ。魔族で五本の指に入る実力者ってのはよ」

それまで無言でこちらを蹂躙してくるか雄たけびばかりだったクロズライズが、ようやく言葉らしい言葉をこぼす。

「バカな……我の力が通用しないだと……貴様何者だ？」

「さあ？　お前が知る必要ねえよ。ただお前より強いのだけは確かだけどな」

イドの膝蹴りがクロズライズのお腹に突き刺さる。その一撃で、地面に膝をつくクロズライズ。

「ライオウはどうやってやられたんだよ？」

「え？　えっと……高い所から落とされた感じかな？」

「そうか」

イドは背中に黒い翼を展開させ、クロズライズの身体を片手で持ち上げ、天高く上昇していく。

「……イドはん、なにするつもりどすか？」

「決まってんだろ……」

今度は天高くから急降下するイド。

「こうすんだよ！」

クロズライズの速度など比較にならないほどの高速の動きで落下するイド。

「おらあああああああ！」

「グボァァアアアアア！！」

両手でクロズライズを投げ飛ばし、地面に落とすイド。

地面は陥没し、ひび割れ、大きなクレーターが出来上がる。

「イド様……強すぎだよ！　強いとは思っていたけど、クロズライズが子供扱いだ！」

私達から少し離れていたクマ。彼は気絶したままのライオウの体を持ち上げながらこちらに飛んで来る。

「子供扱いだぁ？　バカ言ってんじゃねえ。こんなのゴミムシ以下だろうが」

イドからみれば、子供扱いなんてレベルではないようで。圧倒的な力でクロズライズと戦っている。それでもまだ全力ではないような気がする……もっともっと大きな力を隠しているんだ、イドは。

イドはクロズライズの落ちたクレーターから視線を動かし、私の方をジーッと見つめてくる。

何かな？　何か言ってほしいのかな？

「イド！　カッコいいよ！」

「そ、そんなこと言ってほしいなんて言ってねえだろうが！」

褒めてほしいのかと思ったがどうも違うようだった。イドはため息をついて、話を続ける。

「お前を怖い目に遭わせたからな……どんな地獄を味わせてやろうかって考えてんだよ」

「あ、そうなんだ……いや、そんな地獄なんて味わせなくてもいいよ」

私のことを想ってくれるのは嬉しいけど……そこまで派手にやらなくてもいいよ。

「イドはん、リナはんのことが大好きみたいどすな」

「そ、そうかな？　えへへ。それは嬉しいな」

「バ、バカか！　そんなこと決まってんだろうが！　いちいち口にすんじゃねえ！」

レンの言葉を否定することなく、イドは赤くなっている。

相手は魔族王の側近だというに、なんて緊張感のない戦いなんだ。それだけイドの力が超越してるってことだよね。どれだけ強いんだろ、イドって。

「う……ううう」

クレーターの中から、クロズライズが這い上がってくる。そしてイドの前で膝をつき、怒りに満ちた表情で彼を見上げた。

「わ、我を圧倒するその力……貴様、人間ではないな」

「ご名答。だがそれを知ったところで勝敗が変わるわけもねえ。お前はこのまま終わりなんだよ」

「我の終わりか……だが、少しぐらいは抵抗させてもらう」

「何？」

クロズライズの身体が震え出す。そしてクロズライズに呼応するかのように、大地までも揺れ始める。

「……なんどすか、これは？」

「クロズライズの力が上がっていく……リナ様！　危険だから二人から離れて！」

「え、うん！」

私とレン、それにクマはイド達から距離を開けるため全力で走る。

クロズライズの身体はいまだに震え続け——そして背中がバリッと割れ出した。

「ええっ!?　何あれ？」

「……脱皮どすか？」

レンの言う通り、脱皮という表現が一番的確だと思う。クロズライズの背中が割れ、中からさらに大きな肉体がはい出て来る。

その身体はヌルヌルした液体のような物をまとっており、見るだけでおぞましさを感じる。中から現れた肉体はさらに肥大していき——数メートルもの大きさになってしまう。

「………………」

無言で新たなクロズライズを見上げるイド。こんなの……勝てるの!?

「ふはははは！　少しぐらいの抵抗のつもりだったが——我の勝ちかも知れんな！」

私は心の中でイドの勝利を祈る。お願い……負けないで、イド。

「ハァアアアアアアアア！　食らうがいい、小僧！」

クロズライズが口を開けると、口内に魔力が集まり出す。

「凄い魔力どすな……あんなん食ろうたらひとたまりもありまへんえ」

「イド！　危ない！」

そして放出される膨大な魔力。ビームのような凄まじい攻撃。いとも簡単にイドの身体を飲み込んでしまう。

「イド……」

私はペタンとその場に膝をつく。

イドが……死んでしまう？　私は呆然とし、その様子を眺め続ける。

相手の攻撃は執拗に続き、魔力を止める様子は見られない。

「…………」

一分ほど攻撃は続いただろうか。

そこでようやくクロズライズは口を閉じた。

「我に本気を出させるべきではなかったな。貴様程度、我の足元にも及ばん――!?」

「ああ？　今何かやったのか？」

「イド！」

クロズライズの攻撃を受けたイドはピンピンしていた。あくびをし、相手を挑発するように笑みを浮かべる。

私は安堵のため息をつく。本当に心配したのに……何もないってどういうこと？

「バ、バカな……」

クロズライズはイドの様子を見て愕然とする。しかしすぐに正気に戻り、ニヤリと笑う。

「ふ、ふん！　今のが効かなかったとしても、勝敗は別だ。我もまだ本気ではないのだからな！」

「あれでも本気じゃないだって？　ちょっと強すぎるね、魔族王の側近は」

クマは少し怯えた声をしていた。私だって驚いてるよ。あれで本気じゃないなんて。

「出でよ！　我が悪魔の軍団よ！　我に仇なす愚か者を滅ぼすため顕現せよ！」

「あ……あああっ!?」

クロズライズの周囲の大地が黒く染まっていく。イドは飛び退き、クロズライズと距離を開ける。

「ふははは！　後悔するのだな！　我に手を出したことを！」

大地から次々にモンスターが生まれ出る。それらは元のサイズのクロズライズそっくりのモンスター。黒く、恐怖心を抱かざるを得ない外見。

「ガーゴイルどすな……」

レンは息を呑んで、ガーゴイル達が生まれ出る姿を眺めている。とうとう全てのガーゴイルが揃ったのだろう。黒くなっていた大地は正常の物に戻る。

現れたガーゴイルの数は——少なくとも千は超えているだろう。その数に私は震え上がる。

「イ、イド……こんなの無理だよ！　早く逃げよう！」

想像の遥か上を行く危険な存在。今ようやくクロズライズの本当の実力が見えたような気がする。

こんなの、手を出していい相手じゃないんだ。

私たちが召喚された理由が今ハッキリと分かった。普通の人間なんか、相手になるわけないんだ。

そりゃ奇跡にでも縋りたくなるよ。

「はははは！　そろそろ死んでもらおうか」

「はあ？　なんで死ななきゃならねえんだよ。死ぬのは――てめえの方だ」

イドの身体から漆黒の魔力が浮かび上がる。

「な、何⁉」

「開け――【暗黒闘気《ダークフォース》】」

その膨大な魔力は際限なく肥大化していき、とうとうクロズライズの肉体よりも大きくなってしまう。

だが次の瞬間――一気に縮み、イドを包み込む程度のサイズまで縮小する。

「ほんの少しだけ俺の力を見せてやる」

イドが右手を突き上げ、人差し指を天に向ける。

「轟け……【黒雷《くろいかづち》】」

「――なっ⁉」

右手の指先から凄まじい黒き稲妻が発生し、周囲に走る。

黒い稲妻はまさに光のような速度で、ガーゴイル達を消滅させていく。

その様子にクロズライズは唖然としていた。いや、クロズライズだけではない。私もクマもレンもだ。皆、イドの力に呆然とするしかなかった。

そして一瞬でガーゴイルたちは全滅し、ガタガタ体を震わせるクロズライズをイドは見上げる。

「おい。もう終わりかよ。どんだけ雑魚なんだよ、てめえの軍団は」

「……バカな……バカな！」

クロズライズは焦りながらイドに拳を振り下ろす。しかしイドはその拳を右手で軽く受け止め――そして強引に腕の骨を折ってしまう。

「グオォオオオオオオオオ！！」

クロズライズの咆哮。それには恐怖がふんだんに含まれている。

「はっ！　結局この程度かよ、つまんねえな」

イドは地面を蹴り、上空へ飛び上がる。

そしてまた翼を広げ、不敵な笑みでクロズライズを眼下に収めた。

「残念だったな。こっちはまだ本気を出しちゃいねえってのに、てめえは俺の足元にも及ばねえみてえだぜ」

「嘘だ……我は魔族王様の側近だぞ……」

クロズライズはそこでハッとし、尋常ではない汗を垂れ流してイドを仰ぐ。

「この圧倒的な禍々しい力の持ち主、もしや貴様……龍を束ねし龍帝の息子、邪龍――」

「俺のことを知ってるみてえだが……てめえの名前はなんだったけな」

「我は――」

イドがクロズライズに向かって足を突き出し、急降下を始める。

「興味ねえよ、てめえの名前なんかにな！　さっさと消え失せろ、雑魚が！」

「──────」

黒い弾丸となったイドはクロズライズに衝突し──禍々しい闇が前方に広がる。

凄まじい衝撃が走り、私達は吹き飛ばされそうになっていた。

「………………」

激しい轟音と衝撃が収まり、イドの方に視線を向ける。

するとそこには先ほどより一層大きなクレーターが出来上がっており、クロズライズの姿は綺麗さっぱり消え去っていた。

翼を畳んだイドはなんでもないような顔をして、こちらに向かって歩いて来ている。

「終わりだ。帰るぞ」

「………………」

あまりのイドの強さに、私たちは言葉を失っていた。あれでまだ本気じゃない……？　私の旦那様はどんなに強いの⁉

クロズライズに圧勝した後、イドは私達を背に乗せメロディアへ運んでくれた。

すると町の外では、先ほど助けた男の人達と兵士の人達が慌ただしい様子で会話をしている。

「出来るだけ人数を集めろ！　早くあの子を助けに行くぞ！」

「クロズライズも出て来るはずだ……死ぬ覚悟はしておけよ」

「くそっ……死にたくねえな」

何やら、私を助けに行くなんて会話を交わしているようだった。今私は、すぐ後ろまで来てるんだけどね。

私は苦笑いしながら、彼らに声をかけることにした。

「あの……助けに来てもらわなくても大丈夫だよ」

「な、何を言って——って、ええ!?　生きて帰ってきたのか!?」

「うん。なんとか無事だったよ」

「それは良かった……クロズライズに遭遇せずにすんだんだな」

「いや、クロズライズと遭遇したよ」

私の言葉を聞いて、その場にいる人達全員がポカンとする。

「い、いやいやいやいやいや。クロズライズと遭遇して生きて帰れるなんて信じられないよ」

「ああー……クロズライズは私の旦那が倒しちゃいました」

「倒した……？　クロズライズを？　どうやって？」

「どうやってって……飛び蹴り？」

端的に言うと飛び蹴り。本当に最後はキックで倒してたし、それで間違いないよね。

「と、飛び蹴りって……君、流石に冗談が過ぎるよ。クロズライズを飛び蹴りで倒せるわけが——」

「おい、リナが嘘ついてるってのか？」

「え、あ、いや……」

私が冗談を言っていると捉えた男の人に詰め寄るイド。彼の額には青筋が浮かんでいる。

「俺があの雑魚を倒した。リナは何一つ嘘ついちゃいねえよ」

「わ、分かりました！　彼女は嘘をついていません！」

男の人は悪魔にでも出逢ったかのように顔面蒼白となり、その様子を見たイドは、ふんと鼻をならして私の後ろまで戻って来る。

「あ、あのリナ様！」

「はい？」

それは私達の家まで助けを乞いに来ていた兵士の一人だった。彼は信じられないと言った表情を浮かべながらも、私に訊いてくる。

「クロズライズを倒してくれたのですね……」

「いや、倒したのはイドであって、私ではないんだけど……」

「でもその方はリナ様の旦那様ですよね!?　ということは、あなたの手柄といいうことじゃないですか！」

そうなるのかな？　私はクロズライズ相手に逃げてただけだから、手柄なんて言われても困るんだけど。

「いや、私は――」

「もういいからお前の手柄にしとけ。俺は他人からの称賛も称揚も評価もいらねえんだよ」

「あ、そう？　私もいらないんだけどなぁ」

だがそんな私達の考えとは裏腹に、大騒ぎをし出す男の人達。

「まさかクロズライズを倒せる人がいるなんて！」

「くそぉ……二人の戦い見たかったぜ！　こんなことなら逃げるんじゃなかった！」

「確かに！　でもあの時は必死だったからな……俺も見たかった！」

まるでお祭り騒ぎ。数人の兵士は喜びを爆発させて、町の方へ勝利の報告に向かう。

「クロズライズが討伐されたぞ！　倒してくれたのはリナ様一行だ！」

それは小さな地震が起きたかのように。ドッと町の方で歓喜の声が湧き、大地が軽く揺れるようだった。

「これは……大騒ぎになる予感がするね」

「そうだね……早く帰ろ！　私もイドと一緒で、称賛なんて興味ないし！」

「ほんなら、急いで帰りましょ。もみくちゃにされるのは堪忍やわ」

「おう！」

私達は町から離れるように走り出す。

「あ、ちょっと！」

後ろで男の人が私を呼び止める声が聞こえるが、ここは無視。とにかく全力で駆けて行く。

そしてある程度離れたところで、ドラゴンの姿になったイドの背中に飛び乗る。

「面倒な生き物だな、人間ってのは。ちょっと雑魚倒したぐらいであんだけ大騒ぎしてよ」

上空にいてもメロディアの町からまだ騒ぎ声聞こえてくる。

「それだけ怖い相手だったんだよ、きっと。というか、イドが強すぎるだけだからね。私達も危なかったんだから」

「そう言うことだね。イド様が規格外というだけで、普通の人から見ればあれも十二分に化け物だったんだから」

私達の言ったことになんとなく納得するイド。

「そうだとしても、あれだけうるさいのは勘弁だな」

「イド、皆に囲まれたら怒って殴っちゃいそうだね」

「殴るだけで済めばいいけど……でもこれから頼られるのも困りものだね」

「…………」

今回のことで自分がまだまだだということがよく分かった。

そりゃこの世界に来てそんなに時間が経っていないのだから当然だけど、自分の力だけで困ってる人達を助けてあげることができない。結局全部イド任せだったもんね。これは反省しないと。

だから自力で助けてあげられるように、もっともっと強くならないとな。私は気持ちいい風を肌で感じながらそんな風に考えていた。

「まぁ、今は皆が無事やっただけでええでしょう。この後のことは後に考えましょ」

「だね。イド様だって毎回戦いに駆り出されたら嫌でしょ？」

「当たり前だろ！　俺はもう絶対人助けなんてしねえからな！」

「ええ……人助けしないの？」

「し、しねえよ！　俺が助けるのはお前だけだ！」

「ほんまに、イドはんはリナはんのことが好きなんやなぁ」

「当然だろうが！」

イドが叫ぶ声を聞いて、私達は大笑いする。笑い声は大空に響き渡り、風に乗って消えていく。

とにかく、皆無事でよかった。皆が生きてくれていることに感謝して、そしてまたこれからを生きていくのだ。


家に到着し、イドがベッドで横になる。その間に私は食事の用意をした。

ライオウはクロズライズにやられて傷を負っていたけれど――『聖域』の治癒効果のおかげであろう、怪我が一瞬で治っていく。これは大怪我しても安心だな。ライオウが回復する様子を見て私は一人静かに頷いた。

食事の準備はすぐに整い、イドを呼びに行くと、彼は半分寝ていたようだ。

だが用意した食事を見た瞬間、眠気が飛んだようだった。

「いつもは全然足りないから、普段の三倍ぐらい作ってみたよ！」

「これ……食い物だよな？」

外は今まさに太陽が沈もうとしている。赤い世界が遠のいていき、黒に染まり始めていた。今日作ったのはカツカレー。イドはカレーの色を見て、少し顔色を変えていた。

カレーが初見の人ってこういう反応なのかな？　確かに何も知らなかったら、美味しそうには見えないかも。

「これはカツカレーって言ってね、美味しいんだよ。一回食べてみて。それでダメだったら、次からは出さないから」

「ま、まぁお前が美味しいって言って、美味しくなかった物は今までないしな」

「そう？　そう言ってもらえると嬉しい」

私たちは手を合わせて「いただきます」と一斉に言う。イドも最近はそういうことを言うことに抵抗は無くなったらしく、素直に合わせてくれる。

皆はカレーを食べ始めたが……私はイドの様子が気になり、彼が食べるのを見届けることにした。

ジーッとカレーを見つめるイドとイドを見つめる私。そうしているとイドは意を決したのか、いきおいよくカレーを口にする。

「……うめえ！　これもメチャクチャうめえじゃねえか！」

「わー！　やったやった！　カレーも気に入ってくれたんだ！」

「おう。これもうめえよ。この肉もうめえ」

カツを食べ、イドは嬉しそうに頬を染めている。美味しいの食べるのって幸せだよね。

イドが幸せそうに食べてるのを見て、私もカレーを食べることにした。

うん。スパイシーで甘辛いルー。ライスがそれらをマイルドにしてくれる。匂いがまた食欲をそそり、カツのカリッとした衣に肉のうま味。

全部が全部美味しくて、お皿の上からカレーがドンドン無くなっていく。

「「おかわり!!」」

私とイドは同時におかわりを言う。レンが二人分のカレーをよそってくれて、また一緒に食べ始める。

「似たもの夫婦なんて言葉があったよね」

「そうやな。ほんま、二人は似たもん夫婦やわ」

クマとレンが食事をする私達を見て、微笑んでいる。ライオウも楽しそうだし、至福の時間だ。

こんななんでもない時間も、幸せを感じる。家族っていいよね。ただいるだけで温かくなるんだもん。皆がここにいてくれるだけで嬉しいよ。


食事が終わり、私とイドは涼しい風が吹くガゼボにいた。

外はもう真っ暗。家の灯りと、星の輝き。明かりはそれだけしかないが、それだけで十分。イドの顔は見えるし景色は綺麗。

私達は椅子に座りながら、カリカリ君を食べて夜空を見上げていた。

「あのカレーってやつ、美味いけど汗が出るな」

「出るよね~。凄い人だったら汗だらけになる人もいるんだよ」

「ふーん」

「あ、興味無さそうだね」

「あ？　ああ。だってお前以外のことはどうでもいいし」

以前に比べたら他の人への態度が柔らかくなったような気がするけれど、そこはあんまり変わらないんだな。

と思っていたが、イドは家の方を見てポツリと呟く。

「あと、家族」

「……え？」

「だ、だから……エトーだよ、エトー」

「エ、エトー？」

「ほら、お前が言ってたろ。家族の名前って」

「ああ……江藤ね」

江藤は私の苗字。確かにそれが家族の名前って最初に言ったなぁ。

「だから俺らはエトーで……そのエトーのこと以外はどうでもいいんだよ」

「イド……」

イドが私と同じように、クマ達のことも家族だと思ってくれていて、私だけじゃなく、家族の事を気にかけてくれている。それが嬉しくて嬉しくて、私は感極まり涙を流してしまった。

「な、なんで泣いてんだよ……俺、変なこと言ったか」

「ううん……言ってないよ」

私の手の中のカリカリ君が溶けそうになっていた。

イドは私のカリカリ君を一口で食べ、溶けて手に付いた部分を舐め取ってくれる。

「なあ、泣き止めよ」

「うん……うん」

何故だろう。イドの変化が自分のように嬉しい。

他人に興味が無かったイドが少しずつ変わってきている。それだけなのにとても嬉しくて、涙が止まらなくて……

するとイドは急に顔を赤くし、どこからか銀色の輪っかを取り出してきた。

「こ、これ……これやるから泣き止め」

「何これ？」

「ゆ、指輪だ……」

「指輪？」

銀色の正体――それは指輪であったようだ。

一目見れば分かるんだけど、イドがそんな物持っているはずないと思い、答えに行きつくことができなかった。

「なんでこんなの……」

「レ、レンに聞いたんだよ！　女の喜ぶ物はなんだって……そしたら結婚指輪がいいって」

そういえば、レンに指輪のサイズを聞かれたことがあったな……あれってそういうことだったんだ。今日用事があったのもこれのためだったんだね。

……待って⁉　これってつまり、結婚指輪だよね⁉

「ほら……手出せよ」

「う、うん」

私は驚きすぎて、気が付けば涙が止まっていた。ドキドキしながら左手を差し出す。

イドは私の手を取り、指輪をはめてくれようとしていた。

「…………」

「…………」

だが、固まったまま動かないイド。どうしたのかと思い、彼の顔を見つめる。

「……で、レンが調べた指って、どの指だ？」

「薬指だよ！　ほら、ここ」

「お、おう、そうか」

まぁドラゴンだし、そんなこと知らなくても当たり前なのかな？　少し雰囲気が台無しになってはしまったけれど、イドが指輪をはめてくれる。

「嬉しい……イド、嬉しいよ。ありがとう、大好き」

「お、俺も……お前のこと大好きなんだからな！」

ツンデレデレ。イドは私に向かって大好きだなんて叫んでくれた。

いつまでこんな幸せは続くのだろうか。きっと二人の死が分かつ時までだよね？　そんな風に思いながら、イドの顔を見つめる。

イドは真っ赤な顔で私を見つめ返す。

そして満天の空の下で、私達はキスを交わした。

それは永遠の誓いのような、そんな願いを込めたし、込められていたような気がする。

うん。大丈夫だ。

私達はきっとこれから、ずっとずっと幸せなんだ。そんな確信を得ることができる、そんな素晴らしいキスだった。


「はぁ……今日もいい天気だねぇ」

「そうどすなぁ。毎日がこんなんやったらええんですけどね」

私はレンと共にリビングの戸を開け、お茶を飲みながら外に広がる景色を眺めていた。

「花壇の花も綺麗に咲いてるし、周りは緑で言うことないねぇ」

「他にはなにかいりませんのか？」

「んん〜色々欲しい物もあるんだけどね。まぁゆっくり増やしていけばいいんじゃないかなって」

私の【マイホーム】のスキルがあれば色んな物を創れるし、色んな物を購入することができる。

でも何でもできると分かっていると、今度でいいかと思ってしまう。物って無いから欲しくなっちゃうんだな、としみじみ思う私。

だけど物欲が無くなったわけではない。欲しい物は欲しいし、今すぐに手に入れようと思っていないだけだ。

「あ、おーいライオウ。今日もご苦労様」

「おう！」

ライオウは現在、ガーデニングの規模を拡大させ、家から少し離れた場所に花を咲かせていた。

私はそんなライオウの作業をボーっと眺めていた。

ライオウの周囲には鳥が集まり、彼は鳥達と戯れ始める。優しい心の持ち主だから、ああやって鳥が集まってくるんだな。町に行った時は犬や猫も寄って来るし、ライオウといたら動物と触れ合うことができる。私は動物が好きだからそうやって動物と遊ぶのをいつも楽しんでいた。

「あ、何か来てますわ」

「本当だ」

ライオウが作業をしているずっと向こうの方……メロディアの方角から一台の馬車が走って来ていた。こんなところを通るってことは……私に用事があるってことかな？

ここから西にあるフローガンに行くためにはここを通り抜けていった方が早いのだけれど、どうもメロディアの兵士さんたちはイドを怖がっているらしく、私たちの家の前は迂回していくのだ。

商人も同じく、イドの噂を聞いてここを通らない……だからここを通るのは私の知り合いぐらい。

そしてメロディアで私の知り合いと言えば一人しかいない。

「おーい、リナ」

「サリア」

くせっ気のある赤髪の美女、サリア。彼女は明るい笑顔で馬車から私に手を振っていた。

「今日はどうしたの？」

「ほら。こっちで暮らそうかなって言ってたじゃない」

「ああ、言ってたね」

サリアはメロディアからこちらに移り住みたいなんて話を以前していたが……本当に来たんだ。

私は友人が近くに住むということに喜びを感じ、温かい気持ちになっていた。

「じゃあ家を建ててあげるよ」

「えー。本当に？　ありがとう、リナ。でもこれから建てるとしたら、住むにはまだまだ時間がかかりそうね」

「そうでもないよ」

私達の話を聞いていたのだろう、クマが家の奥からリビングへとやって来て、私のところにタブレットを運んできてくれる。

「どういうこと？」

「リナ様なら家なんてすぐに建てることができるのさ」

「……え？」

私の能力を理解していないサリア。彼女はポカンとするばかりで……そりゃ能力を知らなかったらそんな反応するよね。

私はクマからタブレットを受け取り、現在の【マイホーム】のスキル状況を確認する。

マイホーム レベル6
機能 聖域 身体能力強化Ⅴ ショップⅣ
　クリエイトⅡ 従者Ⅱ ステータス確認
　空間収納 空間移動Ⅱ 伴侶

またレベルが上がり性能が向上しているようだった。

「クリエイトのレベルが上昇してるね」

「うん。クリエイトのレベルが二になっているから、簡単な性能なら付与できると思うよ」

「そうなんだ……ま、とりあえずはサリアの家を建ててあげよう。後のことは後から考えよっと」

建てるならここから少し離れた場所がいいな。イドはご近所さんとかいたら嫌がるだろうし。

程々の距離感を保っておこう。そうしたらイドもそこまで気にならないよね。

私達は家から西の方角へと向かって馬車で移動する。

『聖域』による安全地帯は私の家から半径十キロ、らしい。それより離れたらモンスターに襲われる危険もあるし、範囲内に住んでもらうことにしよう。

家から三キロ離れた辺りで私は立ち止まり、その場に家を建てることにした。

「ここぐらいならいいかな」

「遠いご近所さんだね。これぐらいならイド様も嫌がらないと思うよ」

私はタブレットで家の画像を見ながら、クリエイトの機能を発動する。

「え？　何するつもり……一体何が始まるの？」

「まぁ見てて……」

私の家のような一軒家。一階建てだがそこそこ広い家……私の中でイメージは固まった。

そしてクリエイトを発動すると──地面から浮き上がるように家が出現する。

「ええ……えええっ⁉」

サリアは仰天し、建てられた家を見上げる。私達はそんなサリアの反応にクスクス笑いながら彼女に言う。

「今日からここがサリアの家だよ」

「………」

いまだに唖然としたままのサリア。

そこへイドが眠たそうな顔をしながらやってきた。家に私がいなかったから、ここまで歩いてきたみたい。

「おはよう、イド」

「ああ……ってか、これはなんだよ？」

イドは新しく建てられた家を指差しながら私に訊いてくる。私はイドの腕に手を回し、一から説明をした。

「ふーん。そうか」

以前のイドなら嫌な顔をしていただろうが、今はそこまで気にならないらしく、少し離れているというのもあり、すんなりと受け入れてくれた。

私はイドと共にサリアの家を見上げ、ワクワクドキドキする。これから毎日がもっと楽しくなりそう……そんな予感を胸に抱いていた。

サリアの家に入る。

中もしっかりイメージしていたので、住居として完璧な造りになっていた。リビングがあり寝室がありトイレがあり風呂があり……つまり、とりあえず暮らしていくのに困らない施設が整っていた。

想像通り、玄関で靴を脱ぐようなことはしないサリア。まぁそうだろうと踏んでいたので、土間は作っていなかったけれど。

「すごい……本当に家だ！　ちょっとリナ、すごすぎじゃない？」

「そうかな……？」

私は照れて頬をかく。褒められるのってなんだか嬉しいよね。

サリアはリビングや寝室を覗き込んで楽しそうにはしゃいでいる。

「ここからならフローガンの町も近いし、仕事も行けるし言うことないわ」

「時間がある時は一緒に過ごそうね」

「うん。それはこちらから頼みたいぐらい！　よろしくね、リナ」

サリアはそのまま仕事を探しにフローガンへと行ってしまった。何と言うか、行動力の塊のような人だ。私にはあんないきなり活動なんて無理だな。

「うーん……今日はいい天気だな」

「リナはんと一緒のこと言っとりますわ」

私とレンはイドの呟きに笑う。

伸びをしながらイドは気持ちよさそうな顔をしていて、私達の様子に気づいていない。

「天気もいいし、どこかに行こうか。私、イドとお出かけしたい」

「お、俺だってお前とお出かけしたいんだからな！」

イドはいつも通りのツンデレで返答してくれる。

「じゃあどこに行こうか？」

「どこでもいい。お前がいりゃどこでも一緒だからな」

「そっか……」

となればどこに行こうかな……

「ほんなら、お出かけと訓練と一緒にやりましょか？」

「一緒に？」

「ええ。山にでも行けば、モンスターと戦えるしピクニック気分も楽しめますやろ」

「確かに。僕達ももっと強くなりたいし、リナ様はピクニックを楽しめるし一石二鳥だね」

クマ達がついてくることにイドはなんとも思っていない様子。皆を家族として受け入れ始めてくれているようだ。

私は皆の提案と、イドが家族を受け入れてくれていることに喜びを感じ、嬉しさを爆発させる。

「いいねいいね！　じゃあ山に行こう！　強くなりつつ、皆で楽しく過ごそう！」

「わかった。じゃあ程々のモンスターがいるところに連れてってやる」

イドはあくびをしながらドラゴンの姿に変身する。私はワクワクが収まらず、まるで遊園地のアトラクションにでも乗るような気分でイドの背中に飛び乗った。

「じゃあ飛ぶぞ」

「おー！」

皆が背中に乗ったのを確認したイドは、勢いよく飛び出す。

凄まじい速度で飛ぶイド。私は大空の中、彼に聞こえるように大声で叫ぶ。

「いつもありがとう、イド！」

「別に。お前が喜ぶんならそれでいい」

少し照れている様子のイド。漆黒の龍の頬が赤く染まっているように思え、私はイドの首にギュッと力を込める。

「…………」

「…………」

なんだか幸せ。好きな人にくっついてるだけで幸せだ。

「ラブラブなのはええけど、ちょっと熱すぎやしまへんか？」

「おう」

「え？　そっかな……えへ」

レン達がいるのを完全に忘れていた。二人の世界に入ってしまっていたのだ。

これは恥ずかしい……だけど皆は楽しそうに笑っているだけ。バカにするような雰囲気は皆無。

イドは照れたままフローガンを超えて、西へとどんどん進んで行く。すると大きな山がポツンと見えてくる。

「あの山に行くの？」

「ああ。あそこはクルレイド山。お前らでも勝てる相手ばかりだ」

イドはどこにどんな敵がいるのか把握しているようで、私達のレベルに合わせて敵を選んでくれている。

初めて見るモンスターが出て来るのだろうけど、イドが勝てると言っているのだから大丈夫だろう。私は緊張することもなく、リラックスしたままその山を眺めていた。

遠くに見えていた山であったが、イドの速度が凄まじくそれはすぐ眼前へと迫ってくる。

クルレイド山に到着し、私達はイドの背中から降りて山を見上げた。

そこは自然豊かな山で、緑に溢れ川も流れているようだ。大きく空気を吸い込むと、土と花の香りが肺に満たされる。

「いい場所だね。ここで生活するのも楽しいかも」

「ま、モンスターがいなけりゃな。見た目だけに惑わされてたら足元すくわれんぞ」

「……了解。気を引き締めていきます」

イドが言う通り、見た目だけで判断しては危険かもしれない。まがりなりにもモンスターはいるんだ。それだけで安全なわけがない。

「ほな、モンスター退治に行きましょか」

「うん。怪我をしないように気を付けようね」

「そうだね。大丈夫だとは思うけど、油断だけはしないようにしよう」

「おう！」

私達は顔を合わせ大きく頷く。　そしてライオウを先頭に私達は歩き出した。

イドは後ろから気怠そうについて来てくれている。でも彼のことだ、常に私達のために周囲を警戒してくれているはずだ。

だからと言って油断するのはダメ。いつだってイドがいてくれるわけじゃない。いない時の方が少ないけれど、もしいない時のことも想定してイドに頼らない戦いを心がけよう。

この間のクロズライズとの戦いで、私たちは実力の無さを痛感した。普通の人たちよりは強いようだが、いざとなった時はイドがいなければどうしようもない。ああならないため、私たちは強くなるんだ。

私達はもっと成長できる。成長して、イドの横に並べるぐらいは強くなろう。

私達は笑顔を浮かべつつも、油断しないように周りに注意をしつつ、山を上がっていく。

木々に囲まれた道を上がって行くと、すぐにモンスターが姿を現せる。それは見た目は犬で、首から鎖をぶら下げているモンスターであった。

どこかから逃げてきたのかな？　というのが第一印象であった。首輪が外れた飼い犬に思えたから。

「あれはバーゲストだな。ま、雑魚だ雑魚」

「それならいいんだけど……でもイド基準での話だよね。私達は慎重にいこう」

「リナ様。まずボクらが戦うから見ててよ」

「あ、気をつけてよ、皆！」

バーゲストというモンスターの数は十体ほど。クマ達は敵の動きを良く観測しながら接近していく。

敵に攻撃が届く位置まで距離が縮むと――まずはレンが魔術で攻撃を仕掛けた。

バーゲストの足元が凍り付き、相手は身動きできなくなってしまう。その隙にライオウが素手で殴りかかり、一撃でバーゲストを仕留める。

「おう！」

「そうどすな。これぐらいならうちらでも余裕みたいどす」

「だから言ったろ。雑魚だって」

「本当だね。じゃあ皆で頑張ろう。怪我はしないように安全に！」

「頂上付近は何故かモンスターが現れねえ。そこまでは頑張れ」

「うん！　よーし。皆で強くなるぞー！」

私の掛け声に、皆が声を合わせくれる。だがそんな私達にバーゲスト達は容赦なく襲い掛かろうとしていた。

「レン。一緒にあいつらを押さえよう」

「ええ。やったりましょか」

私とレンで氷の魔術を展開し、先ほどよりもさらに広範囲のモンスターの動きを封じ込める。

クマは宙を浮きながら【風水術】で土を操作し、バーゲスト達を土の槍で貫く。ライオウは一番元気で、次々に敵を殴り倒していた。

「悪くはねえな。この程度なら、リナも攻撃に回っても大丈夫なんじゃねえか？」

「あ、そうかな……うん。確かにそうかも」

レンの魔術だけで敵の動きは十分に封じることができる。となれば、私も攻撃に回った方が効率はよさそうだ。

「レンの魔術だけで追いつかなかったら、私も魔術でフォローするから」

「頼んます」

臨機応変。皆の動きをよく観察しながら自分の戦い方を変えていこう。

そう考え、敵と皆の位置関係を確認しながら、私は剣を引き抜いた。

「えい！」

バーゲストは私のショートソードの一撃で絶命する。うん。直接攻撃しても十分倒せるみたいだ。

さらに私は左手で風を操り敵を葬っていく。ライオウとクマが倒しきれない敵を魔術、あるいは接近戦で倒す。

戦いのリズムは完璧に思える。前線で戦うライオウにレンとクマのフォロー。私が足りない部分を埋めていく。

イドは見てるだけだけど、いるだけで心強い。それは皆も同じように感じているらしく、彼がいるだけで余裕を持てているように感じる。

そのまま私達は敵を圧倒し、あっという間に頂上へと到着した。

「うわー……風が気持ちいいね」

「うん。景色もいいし最高だね」

山頂から見る景色は圧巻であった。

自然がどこまでも広がっており、緑に溢れた世界。小さな山々に大きな湖。遠くの方にポツンと町も見える。所々に黒い霧が見えるが……だがそれを差し引いても絶景に違いない。

優しく涼しい風が吹き、戦闘で少し火照った体を冷やしてくれていた。

「戦いの後には丁度ええ癒しどすな」

「本当だ……敵の強さも問題なかったしここから見える景色も言うことないし……うん。ありがとう、イド」

「別に……俺は連れて来ただけだ」

景色に胸を踊らせる私は、照れるイドを見てキュンとした。私は彼と腕を組み、素敵な情景を眺める。

「…………」

私達は黙って山から景色を眺めていたのだが……イドの心臓の音がうるさくて、周りよりもそちらの方が気になりだした。

私も彼に連れられるように、心臓が高鳴り始める。

一緒に暮らしていて、毎日一緒にいてもこんな気持ちを味わえるんだ。

親戚のおばさんが、旦那なんてすぐに飽きるなんて言ってたけれど、そんなことない。出会った頃より結婚した時の方がイドが好きだし、結婚した時より昨日の方が好き。昨日と比べたら今日の方が好きだし……飽きるどころか、ドンドン好きになってるよ。

赤いイドの顔を見て、私は微笑む。

「もっと色んな場所にいって、もっと色んなもの食べて、もっともっと色んなことしようね」

「お、おう……」

「私、これからもずっとイドと一緒にいたいよ」

「お、俺だってリナとずっと一緒にいたんだからな！　その気持ちは変わんねえ！」

イドがツンデレデレで叫ぶ。

それはやまびことなって、何度も周囲にこだまする。

イドは流石に照れすぎたのか、後ろに下がって腕組をした。

「二人の仲は際限なく良くなっていくみたいどすな」

「本当だ。自分達のご主人様が仲良くて嬉しい限りだよ」

「おう」

三人は私達を見てニヤニヤしていた。私は皆の反応に恥ずかしくなり、イドの腕を取り、皆とは逆方向に歩き出す。

「ほ、ほら。あっちの方からも景色を見ようよ！　ね、ね」

「お、おお……」

イドも三人の様子に気づいたのか、ばつが悪そうな顔で歩き始めた。

幸せだけどなんだか気恥ずかしい。でも、こんな日々が続けばいいな……なんて、青い空を見上げて私はそう願っていた。

夕方頃になり家の付近へ戻ると、ちょうどサリアは私の家に寄ろうとしている最中だったようだ。

彼女は空を舞う私達の方へ手を振る。私はイドの背中から手を振り返した。

イドが着地すると同時に私は彼の背中を飛び降り、サリアの下へと駆ける。彼女と指を絡ませ、はしゃぎながら私は訊いた。

「サリア、お仕事はどうだった？」

「見つからなかった！　でも……そんなことよりちょっと思うことがあってさ」

サリアの声は明るいが、どこか影を落としているように見えた。どうかしたのかな、と私は少し心配をする。

「……これから晩御飯用意するから、サリアも一緒にどうかな？」

「いいの？」

「当然だよ。じゃあサリアの分も一緒に作るから寄ってってよ」

私はサリアと手を繋いで家へと入って行く。

「あ、こんばんは」

「お、おお……」

サリアから挨拶をされたイド。

イドは友好的ではないのだが、敵意を向けている様子もない。サリアに対しては少し柔らかい印象を受ける。

もしかしたら、人と接する回数が少ないだけで、わりと人と仲良くするのはできそう？　最初の警戒心が強いだけのような気もする。

出来る限りイドに嫌な思いはさせたくないから、無理に人と会わそうとは考えていないけど……もっと他人に心を開いてくれたらなとは思う。

でも何事にでも言えることだけど、自分が変わろうとしない限りは人って変われないから、イドも自分が変わろうとしないと変われない。

そもそも変わりたいなんて言ってないし、これはもうイドに任せておくしかないんだよね。

今はサリアに対して柔らかくなったような気がするから、それだけで良しとしよう。私は胸に温かみを感じながらイドに笑顔を向ける。

「なんだよ？」

「別に。なんでもないよ」

今日はイドが好きな物を作ってあげよう。

イドが今まで一番美味しいって喜んでたのは……バーベキューだな。よし、今日はバーベキューにしよう。準備さえ整えば後は楽だし、こっちとしてもありがたい。

「レン。今日はバーベキューにしよっか」

「分かりました。ほな用意しましょうか」

レンとクマとライオウはバーベキューの準備に取りかかる。その間、私はイドとサリアにカリカリ君を手渡す。

「これ食べて待ってて」

「ありがとう……これ何？」

私はバーベキューコンロを運ぶクマの方を見て訊ねる。

「ねえクマ、この世界にアイスクリームってあるの？」

「リナ様が想像してるようなアイスクリームじゃないけどね。分かりやすく言うと、シャーベットのような物だよ」

説明をするとクマは作業に戻る。私は一つ頷いてサリアの方に視線を戻す。

「ってことで、アイスクリームだよ、アイスクリーム。ちょっと変わってるけどね」

「へー……」

サリアはイドが封を切って食べているのを真似して、カリカリ君の封を切る。

そして青い氷菓子を口に含み——表情を驚かせていた。

「わっ……美味しい！　こんなの食べたことないわ」

「でしょ？　これがカリカリ君。じゃあちょっと待っててね」

サリアがカリカリ君を喜んでくれたのを見て、私はほくほく顔でバーベキューの準備を進めることにした。

工程は前回と同じ。私とレンで肉と野菜を切り、ライオウがコンロの火を点ける。レンのテキパキした動きにより、時間にして二十分ほどでバーベキューの準備は整った。

できる女が近くにいたら、全てが楽になる。ありがとう、レン。

後は外に出て焼くだけだ。

網の上で肉や野菜を焼き始めると、イドがジュルリとよだれを垂らし始めた。

「もっと早く焼けねえのか」

「あはは。ちょっと時間はかかるよね。でも、イドに一番に食べさせてあげるからね」

「おお。ありがとな」

「…………」

サリアが少し意外といったような顔で、イドを見ている。

「普通に優しそうな旦那さんって感じだね」

「バーベキューの時は人が変わるんだよ、イドは」

「ふーん。だったら、旦那さんと仲良くなるには、こうやって食事をする時が一番ね」

「そう……だね」

確かにそうだ。

イドはバーベキューをする時は肉に夢中になる。だから人と接するのはバーベキューの時がいいかも！

でも食べるのに夢中で、周囲を気にしない可能性もあるかも……というか、その可能性しかないてことは、バーベキュー作戦は役に立たないな。

「ほら、焼けたよ」

「おお。いただきます！」

肉と野菜を刺した串を受け取り、イドはタレにつけて勢いよくがつく。

「うめえ！　やっぱうめえな、バーベキューは！」

イドが喜ぶ顔を見て、私も嬉しくなる。次に焼けた物をサリアに手渡し、その後に私達は肉を食べ始めた。

「うん。美味しいね。バーベキューなら毎日でも食べれそうだよ」

「だな！　この際、毎日バーベキューでもいいんじゃねえか？」

「それはどうかな？　栄養とかも考えないといけないし……でもちょくちょくしようね、バーベキュー」

「おう。頼むぞ」

イドの屈託のない笑顔に私は赤くなる。この無防備な笑顔、いつも見れないからちょっとレアな感じがしていいんだよなぁ。

でもバーベキューの度に見れるというのは今回の事で分かった。これはこれで大収穫だな。

「リナ。これ美味しいわ」

「だよね。やっぱり皆でやるバーベキューは美味しいし楽しいね」

「うん……」

そう言えば、サリアは何か悩んでいることがあったみたいだけど何だったんだろう。

真っ暗な夜空の中、コンロの温かい明かりがユラユラ揺れる。パチパチ弾ける音に木の焼ける匂い。異世界にいるはずなのに、さらに異世界に迷い込んだような錯覚。

今の空気感なら、話してくれるかな。そう考えた私は、とても不思議な感覚に包まれる中、サリアにゆっくりと訊ねることにした。

「そういえば、何か困ったことでもあるの？　それとも辛かったことでもあった？」

「ううん。リナと出逢ってからは嬉しいことばかり。これ嘘じゃないわよ。リナがいてくれたから私はこうして生きていられるのだろうし、それに借金問題も解決した。本当にいいことばかりだわ」

サリアは優しく微笑みながらそう言った。その心からの言葉に胸がポカポカする。

通りすがりのサリアをあの時助けて良かった。お金がある時は困ってる人に使う。そうすればきっと自分も幸せになれる。

お母さんにそう教えてもらったけれど……こんな気持ちになれるだけで十分だって感じる。人に与える幸せ。これは何ものにも代え難い。

「サリアが生きてくれてるだけで私は良かったと思う。だってこうして友達になることができたんだから」

「リナ……ありがとう」

サリアとの会話を横で聞いているイドは退屈そうにあくびをしている。

他の人に興味はないんだろうし、このままじゃイドも暇だよね。せめて何か他に楽しめるものがあればいいんだけど……

とそこで、私はあることを思い出す。

「サリア。ちょっとだけ待っててね」

「え？　うん」

私はリビングに置いてあるタブレットである物を買い物する。するとクマが玄関へと飛んで行き、それを手に戻ってきて私に手渡してくれた。

「なにを注文したんだい？」

「ビールだよ」

「ビール？」

クマが腕を組んで首を傾げる。

「うん。お父さんがよく飲んでたから……イドもこういうの飲んでたら楽しい気分になるかなって」

「ああ、なるほどね」

私はビールをイドに手渡すと、彼は怪訝そうに、でも好奇心溢れる目でそれを見ていた。

「こいつはなんだ？　無理矢理開けりゃいいのか？」

「これは上のこれを指に引っ掛けて――こうやって開けるの」

ビールの蓋を開けてあげると、プシュッと音を立てて泡が出る。

「うおっ！　な、なんだこれは！」

「ビールだよ。お酒の一種だよ」

「酒か……聞いたことぐらいはあるな」

イドはジッとビールを見た後、いきなりぐいっと飲みだした。ゴクゴク音を立てているが……表情は変わらない。

「……微妙だな」

「微妙か……残念」

「でも、なんらかいい気分になってきられ」

「…………」

イドがフワフワして気持ちよさそうな顔をしている。

「……旦那さん、お酒弱いみたいね」

「みたいだね……」

真っ赤な顔で微笑を浮かべるイド。楽しい気分になってもらおうと思ったけれど……これだけ弱かったらあまり飲めないな。

でも楽しそうな顔をしているし、悪くはない？　するとイドは突然、私の方に倒れ込み、可愛らしい顔で私を見上げる。

「……旦那さん、可愛いね」

「うん。可愛い」

膝枕をされている形でイドが気持ちよさそうにしている。私とサリアはその顔を見てニヤニヤと笑う。

「……なんだか子供みたい」

「本当だね」

「……さっきの話の続きでさ」

「うん」

「子供……なんだけどね。フローガンにいる子供達。魔物との戦いで親を失った子が結構いるみたいなのよ」

「…………」

モンスターと戦って命を落とした人は大勢いるとは聞いている。中には当然、子供がいる人もいるわけで……そうか。みなしごになった子供がいるんだ。

当たり前なんだけど、すぐ近くにそんな現実があることに、胸が痛くなる。

「大変なんだね」

「うん……だから私、その子達をなんとかしてあげられないかなって考えているの」

イドの柔らかい髪を撫でながら、私はサリアに笑顔を向ける。

「すごい素敵だよ！　うん、いいと思う」

「仕事も大事だけど、人助けも大事だと思ったの。これから仕事を探して、それから子供達も助けてあげたいって考えてる。リナに助けられて私は生かされて……なんだか俯《うつむ》いて歩いている子供達を見て、それが私の運命だと感じた……うん。きっとこれが私のやるべきことなんだわ」

自分の使命。

それを理解できてる人は少ないと思う。自分のやりたいことや、やるべきことって分からない人が多い中、こうやって自分の成すべきことを気づいたサリアに、込み上げるものがあった。

目の前にいる人が、自分の友人が、こうやって立ち上がろうとするその姿に、感動を禁じえなかった。

「だったら私もサポートする。きっとそれもまた私の運命のような気がするから」

「ありがとう、リナ……私、頑張るね」

「うん。応援してるよ！」

私達は笑顔を向け合い、お互いの手を握る。サリアの人生にどうか幸多からんことを……そんな願いを込め、握る手にギュッと力を込めた。

「リナ〜。しゅきだぞ〜」

「「……可愛い〜！」」

イドが真っ赤な顔で私のお腹に抱きついてくる。

私とサリアは同時に声を上げ、イドの態度に興奮していた。この可愛さにもときめきを禁じえない……これはまたビールを飲んでもらいたいものだな。

なんてイドの顔を見ながら私はそんなことを考えていた。


「うおぉ……」

バーベキューをした翌日の朝。

目を覚ますとイドがベッドの上で頭を抱えて唸っているようだった。

「どうしたの？」

「あ、頭が痛いんだよ……こんなこと今までなかったってのに……どういうことだ？」

「……ああ」

多分あれだ。二日酔いだ、これ。顔色は悪いし頭痛なんて、二日酔いしかないよね。

「…………」

「？」

不意に私をじっと見つめるイド。次の瞬間、彼の顔が赤く沸騰する。

「なんで俺はあんなことしたんだー⁉」

昨晩、私に甘えたことを思い出したのか、イドはベッドの上でジタバタともがき始めた。その姿がまた可愛らしく、動画にでも納めておきたいほどである。

これは『ショップ』でカメラを買っておかないといけないな。私は密かにそんなことを考えつつ、イドに言う。

「でもあんなイドも私は好きだよ」

「お、お前が好きでも俺は嫌いだ！　あああ、あんなお前に甘えて……うわあああああっ！　最悪だぁ！」

最高でしたよ？　正直私はそう考えているのだけれど……イドが嫌がっているので言うのはやめておこう。

しかしまたあんなイドを見たいというのも事実で、できれば定期的にお酒は飲んでほしいものだ。無理矢理飲ますのは嫌だけど……イド飲んでくれるかな？　絶対に拒否するだろうな。うん。でも私は諦めない。あのイドをまた見たいのだ。どうしても見たいのだ！

「お、お酒は飲んでたら強くなるってお父さんが言ってたよ！　だからイドも頑張って強くなろうよ！」

「絶対嫌だ！　もう飲まねえ！　何がなんでも飲まねえからな！」

それは残念。私は少しガッカリしながらも、ベッドから起き上がる。

「さてと……今日はサリアと町に行くんだ。イドはどうする？」

「……お前が行くなら行く」

「うん。イドがいてくれたら私嬉しい」

イドはまだ赤い顔のまま起き上がり、私の手を握る。

「？　どうしたの？」

「お前が他の奴と会う時はこんなことできねえからな」

「そうかな？」

夫婦なんだから、自由にすればいいと思うけど。

「だから今のうちにな……」

少し照れながらイドは私を引っ張りリビングの方へと歩き出す。

イドはカッコいいくせにこういう可愛い部分があるところがいいんだよなぁ。

彼と繋いだ手が暖かい。胸がキュンキュンして今すぐに抱きつきたい気分になる。

その衝動に耐えることができず、扉を開いて廊下に出たタイミングで、イドの背中から体を抱きしめた。

「んだよ」

「イドが手を繋ぎたいように、私もこうして引っ付きたいの」

「そ、そうかよ……俺だって引っ付きたいんだからな！」

私の手を外し、イドは正面から私を抱きしめてくれる。イドの心臓の音を聞き、私は安堵とときめきを覚える。幸せな気分でイドの胸に抱かれる私。

ずっとこのまま時間が止まってくれてもいいんだけどなぁ。

「おはようさんどす、お二人さん。朝っぱらからお熱いことで」

「レ、レン……おはよう」

レンは味噌汁でも作っていたのか、おたまを持ったまま廊下に顔を出した。

私達はまさに時間が止まったかのように固まってしまい、彼女の少し冷めたように見える顔を眺める。

「もう朝ごはんできとりますから、はよ食べましょ」

「う、うん」

レンはリビングへ引き返し、私達は赤くなった顔を合わせる。

「こ、今度からは部屋の中だけにするぞ」

「そ、そうだね……」

イドと抱き合うのは幸せだけど、やっぱり人に見られると恥ずかしい。私は最後にもう一度だけギュッとし、笑顔のままでリビングへと向かった。

「おはよう、リナ様、イド様」

「おう！」

「おはよう、皆」

すでにクマもライオウも起きていたらしく、食卓の席に着いていた。私とイドも自分の席に着き、レンが味噌汁を運んで来てくれる。

「ほな、食べましょか」

「うん。いただきます」

今日の朝食は粒の立ったご飯に鮭の切り身。もうこれだけでも最高の朝ごはん。鮭だけでご飯何杯もいけちゃうよ。

その上、熱々の味噌汁まで用意してくれてるんだもん。朝一番だと言うのに、止めどなくご飯がお腹の中へ通されていく。

「うん、今日も美味しい。いつもありがとね、レン」

「いいえ。リナはんが喜んでくれるならそれでええどす」

イドも鮭がお気に入りのようで、お箸を使って食べている。徐々にではあるが、お箸の使い方に慣れてきているようだ。別に無理してお箸を使わなくてもいいと思うのだけれど……私と同じ物で食べたいらしい。

そんなイドの気持ちが嬉しくて、お箸で食べる彼の顔を見てまた胸がキュンとする。

「それで、今日は何しに町に行くんだよ？」

「あ、話なんて聞いてないよね……あのね、親を亡くした子供達がいるからね、その子達を何かできないかって思って、サリアと一緒に町に行くの。まだ何ができるか分からないけれど、何かしてあげたいじゃない？」

「……よく分かんねえ。そいつらは独りでもなんとか生きていけるだろ。俺だって独りで生きてきたんだ。ほっといてもなんとでもなるだろ」

「なんともならない子もいるよ……きっと放っておいたら、出逢った頃のイドみたいに、やさぐれちゃうんだよ」

「…………」

イドは私から目を逸《そ》らし、なんとも言えない顔をしていた。

「まぁ、お前のお人好しは今に始まったことじゃねえからいいけどよ……ま、無理だけはするな」

「うん！」

私達は再び食事の手を再開させる。レンは立ち上がり、私達に手を差し出す。

「おかわりしますやろ？」

「もちろん！」

「おう」

呆れながらも空になった茶碗を運ぶレン。

外の晴れ晴れとした天気を見て、今日もいい一日になりそうな予感を覚え、私達はまた温かいご飯をかき込むのであった。


「おはよう、サリア！」

「リナおはよう。皆もお揃いね」

朝食を終えた私達はサリアの自宅へと足を運んだ。彼女は張り切った様子で外へと出てきて、そして伸びをしながら言う。

「うーん……リナの用意してくれたベッド凄い快適だった。こんなに気分よく眠れたのは初めてかも」

「そう言ってもらえると嬉しいよ。でも、これから子供達のために何かするつもりだから、余計に気分がいいんじゃない？」

「それもあるかも。じゃあ町に向かいましょうか」

ここから町まで少し距離がある。

しかし心配はご無用。すでに対策は練ってあるのだ。

イドの背中に乗っていくのもいいんだけど、他の人がいる時はそういうわけにはいかない。イドは他人を背中に乗せたがらないだろうしね。

なので私はなんと『ショップ』で、車を購入しておいたのだ！

車と言っても、車と馬車の屋形を合体させたような、千九百年初頭に作られたアンティークな車らしいけれど。赤いボディにタイヤのホーイル部分も赤く、天井はついているが横の部分に扉は無い。席は二列で、後ろ側は段がついており、前の席よりも少し高くなっている。ライトは大きい目玉みたいで、なんだか可愛らしく思える。

可愛らしくもあり、そしてこの世界でもある程度違和感のない車を選んだつもりだけど……でも他人が見たら絶対に目立つのは間違いなし。ある程度は目をつむってくれるはず。あの町の人達は、私達の異質さを理解しているみたいだから。

車を運転するのはライオウ。ライオウの隣にレンが座り、後ろの席に私とサリアが座る。クマは私の膝の上で……イドは天井に寝そべっていた。

「これって……何？」

「そうだな……馬の必要無い馬車かな」

「ふーん？　良く分かんないけど、やっぱ凄いね、リナは」

私達を乗せて車は草原を走り出す。綺麗な景色に新鮮な空気。そして車のエンジン音。

そこでふと私は違和感を覚える。

「あれ？　モンスターの数が減ったような気がするんだけど……いや、減ったというか、いない？」

「リナ様が住んでいる場所、元々は瘴気が発生してたでしょ？」

「うん。してたね」

「あれは魔族が作り出した物で、モンスターを生産する闇の力なんだよ」

「へー」

まさかあれがモンスターの発生源だったとは。サリアはクマが当然のようにそう言ったことに、少し驚いているようだ。なんでそんなに驚いてるのかな？

「ということは……あれが無くなったからモンスターの数が減ったってこと？」

「そういうことさ。あの『魔の瘴気』が消滅したことにより、モンスターが発生しなくなった。だからこの辺りは比較的安全になると思うよ」

そう考えると、【マイホーム】に備えれた機能『聖域』って凄く役に立ってるよなぁ。『魔の瘴気』を消滅させたってことは、それだけ平和になったってことだろうし。

となれば、この世界には他にも瘴気は発生しているんだろうから……それらを全部消滅させることができれば平穏な日々が訪れるのだろうか。

「なんとかして、世界中の瘴気を消滅させることってできないのかな？」

「できなくはないと思うよ」

「え？　そんな方法ある？　もしかして……瘴気がある場所で【マイホーム】を使うとか？」

それなら瘴気をこの世から抹消できるかもしれない。だけど、すごく手間だよね、それって。

「それはまた後ででも説明するよ。今日は今日やるべきことをしよう」

「ち、ちょっと待って！」

「？　どうしたの、サリア」

サリアは目を点にさせて私とクマを見ていたが、突然大きな声を上げる。イドは天井の上で寝ているらしく、こちらに反応を示さない。

「瘴気がモンスターを生み出してたなんて話、聞いたことないんだけど！」

「あー、そうなの？　え、クマ。どういうこと？」

「まぁ普通の人はそんなこと知らないだろうね。瘴気は身体に悪く、近づいてはならないとしか伝えられていないから」

「そうなのよ！　私達はそれしか知らされていない……なのに何故、君はそんなことを知ってるの？　そんなことを当然のように知っている君達はいったい何者なの？」

クマはサリアの問いかけに肩を竦めるだけ。代わりにレンが扇で自分の顔を扇ぎながら言う。

「うちらはリナはんの従者。それ以上でもそれ以下でもありまへん」

「リナの従者……なるほど」

「え？　なんでそんなに納得しちゃってるのかな？」

妙に合点いったような顔をしているサリア。彼女は笑いながら話す。

「だってリナだよ？　リナは常識じゃ考えらえないような女の子でさ、そんなリナに仕えてる人達なんだから、それだけで理由は十分じゃない？」

「そ、それでいいんだ……」

いまいち腑に落ちないが……わざわざ説明する必要もないなと安堵している自分もいる。

「おう！」

「そろそろ到着みたいどすな」

ライオウの一言に町に到着したことに気づく。

私達は町から少し離れた場所で車を下り、『空間収納』で車を収納し、それからフローガンへと足を踏み入れた。

町中を見渡しながら歩いていると……項垂れた子供や、恨みのこもった目で周りを睨み付ける子が視界に入る……この子達が親を失った子供達なのかな。

子供達の置かれた状況を思い、胸が苦しくなる。

「やっぱり戦いの無い世界の方がいいよね……」

私は子供達を眺めながら、ぽつりとそう呟いた。

もし全ての瘴気を消し去ることができたのなら……モンスターが出現しなくなったのなら戦いは無くなるのだろうか。戦いが世界から無くなるなんて夢物語かも知れない。

だけど自分ができるかもしれないことをやらないのは違うような気がする。

私にはその可能性があるんだ。戦いが無くならないにしても、困っている人を減らすことはできるはず。

サリアが子供たちに何かできないかと考えるように、私も私なりにできることを考えよう。それがきっと、自分が生きてきた理由……そして私がここに召喚された本当の意味なんだ。

「この子達のために私は何ができるかな……」

サリアが真剣な顔で子供達を見つめている。私はそこでとあることを思いつき、彼女に提案するのであった。

「ねえサリア、親がいなくて困っている子達……その中で望む子は、サリアが面倒見てあげたらいいんじゃないかな？」

「私が？」

「うん。サリアはそれを仕事にすればいいんだよ。そのサポートは私がするから」

「でもリナ……」

私の提案にサリアは否定的ではなかった。むしろその逆。それこそ自分がやりたかったことだって様子がうかがえるけど、どこか私に申し訳ないような顔をしている。

「リナの申し出は嬉しい。けれど、リナに甘えっぱなしじゃあなたに迷惑がかかるし、それに子供達のためにはならないと思うの」

「子供達の？」

「うん。リナがやってくれるのが当然だと思ってしまったら、人に助けられるのが当たり前だと考えてしまったら、それに甘えて堕落してしまう部分が出てくると思うの。だからリナの力を借りるのはいいんだけど、将来のことを考えたら、それだけじゃダメだろうなって」

確かに、いつでも物を与えてくれる人がいれば、それに甘えてしまう。

人を助けるだけじゃその人のためにはならないというわけか……

「じゃあこれからその辺りのことも一緒に考えよう。皆を助けることができて、皆のためになることを」

「うん。迷惑かけるだろうけどいいかな？」

「当然だよ。誰かを助けることはいいことなんだから。誰かのためになるなら、私は力を貸すよ」

「さすがリナ様だね。僕達も力を貸すかよ」

「リナはんがすることなら、うちらも協力せなあきまへんな」

「おう！」

どうやら皆も協力してくれるようだ。誰かを助けるのに、理由なんて必要ない。

でも何かを恵むだけではいけないんだ。

魚を与えるより魚の釣り方を教えろ、なんて言葉を聞いたこともある。大事なのは恵んであげるのではなく、生きて行ける方法を提供すること。

そのバランスを良く考えて助けてあげないといけないんだ。

「で、どうすんだよ。もうこいつらさらって帰るのか？」

「さらうって……ちょっと表現が過激すぎるよ。うーん、でも勝手に連れて行くのもおかしいよね……」

「ほんなら、あの店の店主さんに相談してはどないですか？」

「ああ、そうだね」

以前、私に助けを求めに来た夫婦――あの女性の名前はナタリーさんと言うらしい。

その人にどうしたらいいか相談しに行こう。

「サリア。着いて来て」

「ええ」

私はナタリーさんが経営している商店へと顔を出す。すると彼女は私を見るなり、笑顔をこぼした。

「ああ、リナ！　今日はどうしたの？」

「ナタリーさん。あのね、実は相談があるんだ」

「相談……？　あなたが私に相談って、何かあったの？」

私はナタリーさんにサリアを紹介し、そして町で親を亡くした子供達のことを話す。

するとナタリーさんは少し辛そうに顔を歪め、語りだした。

「あの子達のことはずっと気がかりだったの。でもこの間モンスターに町を襲われたりしたでしょ？　それに魔族との戦いも大変だし、子供達を助けてあげるだけの余裕が誰にも無かったの。だからリナ達があの子達の面倒を見てくれるということなら、助かるなんて話じゃないわ」

「なら是非私に任せてちょうだい。私も以前国王の所為で辛い目に遭ってきた……だから少しだけど、あの子達の気持ちも分かるから。だから私はあの子達を助けてあげたい」

「……あの子達のことお願いします」

ナタリーさんは私とサリアに頭を下げる。

私はサリアと、そしてナタリーさんの優しさに触れ、なんだか嬉しい気分になっていた。

どの世界にも優しい人っているんだな。　そんなことを考えて、私は胸をほっこりとさせていた。

最終的に、十五人の子供がサリアの家にやって来ることになった。まだあの町には多くの子供達がいるが……町を離れたくない子もいるようだ。

サリアの家に来た子供達は、家の中を見渡して感嘆の声を上げていた。

「き、今日からここが私達の家なの？」

「そうよ。そして今日から私があなた達の面倒を見るわ」

サリアのことを見る子供達は、まだどこか不安そうだった。

「僕達もいるから、これからは安心して生きていけるからね」

「わっ！　クマさん？　クマさんが喋ってる！」

プカプカ浮くクマに、子供達が駆け寄ってくる。皆はクマに夢中になり、取り合いになっていた。

「クマさんもここに住んでいるの？」

「いいや。僕は別の場所に住んでいるよ。でも毎日来るから毎日遊ぼう」

意外なクマの人気具合に、私はクスクス笑う。見た目は本当にキュートだし、人気が出るのは当然なのかな？

「後はこれからどうするかどすな」

「うーん、そうだよね……」

もし私達がいなくなったとしても、子供達が生活していけるように。それがベストだよね。

その方法が分からず、私は頭を悩ませていた。

「一人でも強けりゃ生きていけんじゃねえの？」

「皆、イドみたいに強くないんだよ。でも弱くても強く生きていける方法が知りたいんだ……」

「だったら強くなりゃいいだけだろ。俺だってそうしてきたし、出来ねえことないだろうよ」

「そんな簡単に強くなれたら苦労しないんだよなぁ」

私はなんだかんだと言って、恵まれた環境にいる。能力だってあるし、それにイドがいてくれるんだから。

でもこの子達はどうやったら生きて行ける強さを手に入れられるのだろうか。

「だからよ、強くなりゃいいだけだろ？　そんなの難しくねえだろうが」

「え？」

イドは何か考えがあるらしく、しかし他人と接するのは面倒くさい。そんな考えがハッキリと分かる顔で私の方を見ていた。イドの提案は嬉しいのだけれど……ちょっと怖い気もする。一体何をさせるつもりなの？

サリアの家の外に出て、子供達を一列に並べさせるイド。

目論見は何なのだろうと心配する私は、彼の後ろから黙って見届ける。

「てめえらには強くなってもらう。これからモンスターがいる場所に連れて行ってやるから勝って来い」

「ダメダメダメダメ！　そんなことできるわけないじゃない！　まだ子供だよ？　そんな戦う術、も力もあるわけないよ！」

イドは子供に戦わせるなんていう、とんでもないことを言い出したのだが……彼はまだそれがおかしいとは思っていない様子で、私の顔を見てキョトンとしている。

「俺が戦い始めたのはもっと小さい時だったぞ」

「いや、イドとこの子達を同列に考えちゃダメだよ……」

「俺は一人で生き抜いてきたんだから、例え俺より弱かったとしても集団ならなんとかなるんじゃねえの？」

「なんともなりまへん。イドはん。あんさんの常識は相当ズレとるみたいどすな」

「そうなのか……戦ってりゃ強くなるとばかり思ってた……」

呆れ返るレン。イド基準で言えば子供たちも戦いに身を投じていれば強くなる。そう考えているようだけれど……さすがにこんな小さな子供たちじゃ無理があるよ。

「イド。子供って弱いんだよ。だから守ってあげなきゃいけないの」

「守って……か。守ってもらったことねえからよく分かんねえよ。そういうことは」

「イドは私のことは守ってくれてるじゃない」

「お、お前は特別だからな」

「特別じゃなくても守ってあげるの。そうすれば優しさって伝播していくんだよ」

「……やっぱよく分かんねえ。俺はお前だけでいい」

イドは気恥ずかしそうに私から視線を逸《そ》らす。

「リナが旦那さんからよく愛されてるのは分かった」

「う、うるせー！　あ、愛してるに決まってるだろうが！　悪いか⁉」

ストレートに思っていることを叫ぶイド。私とイドは顔を赤くしてお互いに見つめ合う。

「ラブラブなのはいいけど、子供達のことを考えないと」

「だ、だよね。イドの提案はちょっと残念だったけど……考えとしては間違ってないのかな」

強くなるのは大事なんだ。ただ、強くなるにしても色々とある。それは単純な腕力だけでなく、心の強さなんかも含まれる。

そしてこの子達に一番必要なのは、生きていくための強さ。一人で生きて行かなければならなくなった時に、一人でも生き抜いていける術や知識、そういうものを教えてあげれれば一番のはず。

そうなると、何を教えてあげればいいんだろうか……私はこの子達でも学べることを深く思案する。

「うーん……勉強はした方がいいよね？」

「うん。勉強はした方がいいと思うよ。体力が無くても、知識を蓄えておけばいずれ力になることもあると思うし。それに、知識は誰にも奪われない財産だしね」

クマはプカプカ宙に浮かんで腕を組みながら続ける。

「勉強は僕が教えるよ。知識には自信があるんだ」

「ああ……クマって物知りだもんね。私の知らないことを何でも教えてくれるし」

「僕だって知らないことはあるよ。でも、子供達が必要とする知識ぐらいは蓄えているつもりさ」

「ほんなら、勉強の方はクマが面倒見るとして……」

レンはチラリと私の方を見て言う。

「ライオウも何か教えたいそうですわ」

「ライオウも？」

「おう！」

ライオウは子供達を見ながら大きく頷く。ライオウの見た目は少し怖いけれど、その優しい心を察してか、子供達が彼を取り囲んではしゃぎ始める。心の優しい人って子供に好かれるっていうもんね。ライオウの優しさが、子供達に伝わってるんだ。

「ライオウが教えてあげられることって……何があるかな？」

「そうどすな……将来のことを考えたら、戦うための基礎体力作りとか、後は……なんか簡単な作業も教えれるんちゃいます？」

「作業……あ、そうだ！」

「どうしたの？」

皆の視線が私に集まる。

「ライオウと一緒に、畑仕事とかするのはどうかな？」

「畑仕事……あ、確かに、それなら子供にもできそう」

サリアも何かひらめいたような表情をし、楽しそうに話を続ける。

「仕事を早い段階で覚えておけば将来困らないし、それに子供達でも稼ぐことができるわね」

「うん！　ただ面倒を見てあげるだけじゃなくて、働き方を教えてあげることができる。これなら一石二鳥で、皆のためにもなるよね？」

「うん、うん！　絶対皆のためになる。リナに頼りっぱなしにならなくてすむし、生きるための術を知ることができる」

まるで分からない答えの正解を得たような、そんな気分。心の中が晴れやかになり、ドキドキが止まらない。

「子供だけやったらあれですけど、ライオウが面倒見るんやったら安心ですしなぁ」

「うん。人さらいがあるかどうか分からないけど、その点ライオウがいたら安心だよね」

やることは決まった。となれば、私のスキルでその準備を整えてあげたらいいんだ。

私は必要な物を考えながらライオウとじゃれ合う子供達を見る。

「この子達の未来を守ってあげよう」

「そうね。きっとそれが私のやるべきことなんだわ」

サリアはキラキラした目で子供達を見つめている。私も子供達の将来のことを思い、胸を温かくして、一つ頷く。

そして翌日──雲一つない、新しい日々を祝福してくれているような天気の中、私は再びサリアの家へと来ていた。

「ねえお姉ちゃん、何をするの？」

「今から面白いことするから見ててね」

これからあることをしようとしている私のもとに、子供達が集まってきた。

私はそんな皆の前で『クリエイト』を発動させる。

今から作るのは子供達の学び舎。皆が成長する場所を作り出すというわけだ。

「わあああああ！」

「お、お姉ちゃんすごい！」

皆の目の前――サリアの家の横に地面から生えるように建物が出現する。

その様子に驚き、目を点にさせる子供達。イド達はもう見慣れたのか、表情に変化は見られない。

しかしサリアはまだ仰天しているようで、子供達と同じように手品でも見るかのように食い入るようにしていた。

完全に姿を見せた学び舎。見た目は二階建ての洋館。白い壁に空のように青い屋根。

子供達はそれを見て感嘆の声を上げる。

「ど、どうやるの今のは!?」

「私にもできるかな？」

「僕もできるならやりたい！」

一斉に私にそう聞いてくる子供達。

「あはは……これは特別なもので、教えても私以外には使えないんだ」

「ええ……残念だなぁ」

分かりやすく落胆する皆。そんな皆にクマが優しく言う。

「君達には君達に役立つことを教えてあげるからね。それはこれから生きていく上で必要なことだから、楽しく学んでいくとしよう」

「ええ？　どんなことを教えてくれるの⁉」

クマがさっそく学び舎の戸を開けた。

中には廊下が伸びており、部屋が左右に二つあって二階に続く階段が中央に見える。左手の部屋は皆が勉強を習う教室で、私が通っていた学校をイメージして作った。

木造の床に学習机が並んでおり、部屋の前方には黒板と教卓。うん。完璧に学校の教室だ。

クマは教卓の上に立ち、子供達に席に着くように促す。

しかし皆クマの言葉に従わず、何故かクマの取り合いを始めた。

「クマは私が抱っこするの！」

「ええー！　私が抱っこしたい！」

「僕にも触らせてよ」

クマは子供達の手の中でため息をついて肩を竦めている。

「やれやれ。これじゃ授業にならないよ」

大人気のクマを見かね、サリアが子供達に言う。

「皆！　クマは皆に大事なことを教えようとしているのだから、ちゃんと聞きなさい！」

「はーい！」

子供達はすでにサリアの言うことを聞くようになっており、素直に彼女の言葉に従う。

席に着いた子供達を見てクマが咳払いして話始める。

「今日から皆には勉強をしてもらうよ。学校のように強制はしないけど、学校より楽しく授業をするからね」

「はーい」

まずクマは子供達の学習進度を確認するため、簡単なテストを始めた。勉強をしてきた子もいるようだが、中には読み書きもできない子供もいる。読み書きをできない子供は不安なのか、またはできないことを恥ずかしく思ったのか涙を浮かべていた。

そんな子供の頭を撫でながらクマは言う。

「大丈夫だよ。最初からできる人なんていないんだから。皆は君より先に勉強をしていただけなんだよ」

「私も読み書きできるようになる？」

「当然さ。だからまずはやってみよう。そうだね……頑張ったご褒美を何か考えておくよ」

「だったら私、クマを抱っこしたい！」

「じゃあ私も！」

「僕も！」

子供達はまた大騒ぎ。クマは本当に人気者だな。

「やれやれ。君達が頑張るために、僕はいちいち抱かれないといけないんだね」

「ダメ？」

「ダメじゃないよ。そんなのが褒美になるのなら、喜んで抱っこさせてあげるよ」

「わーい！」

クマがそう言うと子供達の勉強が始まる。

皆真剣で、クマの説明が上手いのと、適度に褒めるのが心地よいのか、楽しそうに学んでいる子供達。私は勉強が嫌いだったから、クマが先生だったら良かったな、なんて授業を眺めて羨ましく思っていた。

クマは子供達の要望に答え、授業中何度も抱っこされている。そんな姿が微笑ましく、私とサリアは顔を合わせて笑っていた。

「じゃあ次はいくつか班に分かれるよ」

「班？」

午前中いっぱい勉強をした子供達に私は続ける。

「うん。体を動かすのが好きな子はライオウの所に。料理をしたい子はレンの所に。このまま勉強を続けたい子はクマの所に行って」

子供達は悩みつつも、自分がやりたい所へとめいめいに向かって行く。丁度三等分ぐらいの人数になり、また新しい学びが始まる。

教室の向かい側の部屋。そこは調理実習室となっており、エプロンを身に着けたレンが待っていた。

彼女の元に集まったのは全員女の子。男の子は一人もいない。

「ほんなら今から料理を教えます」

「あの……勉強とか体を動かしたりするのは分るけど、料理は将来のためになりますか？」

一人の女の子がそんなことを疑問に思っていたらしく、少し冷たい雰囲気のあるレンにおずおずと聞く。

「そんなの当然やわ。料理も立派な技術。学んでおいたらきっとどこかで役に立つ。あと、ええこと教えといたるわ」

「え、なんですか？」

レンは扇で口元を隠しながら言う。

「ええ旦那さんが欲しかったら自分を磨くこと。点数で考えたら分かりやすいんやけど……もし、あんさんにとって百点満点の男がおったとして、あんさんが三十点ぐらいの女やったら振り向いてもくれへんで」

「そ、そうなの？」

その言葉に、最初に質問した女の子以外も食いついた。元の世界と違って、女の子の将来の夢はぶっちぎりで『お嫁さん』なんだよね。

「そうや。だから自分の点数を上げていくんどす。料理ができたら十点。内面を磨いたら二十点みたいに。そうして百点に近づけば近づくほど、百点の男もあんたらのこと気にしてくれるようになるわ。それに逆に、あんたらが百二十点の女になったら……向こうから追いかけてきはるわ」

女の子達はレンの言葉に目をキラキラさせ、前のめりになってレンに教えを乞う。

「レン先生！　料理を教えてください！」

「ほな、さっさく始めよか」

女の子達のやる気スイッチが完全に入っている。レンに関しては問題無し。別の所を見てみることにしよう。

表に出てライオウ達の様子を確認すると……ライオウ達と子供達がじゃれ合っているようだった。

「ライオウ！　私達を追いかけて」

「おう！」

「こっちこっち！　僕達の方もだよ」

「おう！」

見た感じは遊んでいるようにしか見えないけれど、でも運動量は多いようだし、これはこれでいいのかな、と思っていたら、ライオウに指示されて屈伸運動や素手での戦い方を習い始める子供達。

「遊んで体動かして、やることはやって……楽しそうだし、いい運動になりそうだね」

「そうね。楽しい運動なら続けれそうだしね。本当、リナの仲間達がいてくれて良かったわ」

私の仲間三人が子供達の面倒を見て、育ててくれている。これから先親の愛を受けることはできないが、あの子達は皆の愛を受けて育っていく。

うん。きっと大丈夫だ。あの笑顔を見ていたら分かる。歪に曲がることなく、真っ直ぐ育つはずだ。

午後からの授業を終えると、最後にライオウと畑仕事を始める皆。

ライオウがスコップで大地を掘り起こし、半分の子供達がクワを使用し汗水たらしながら耕していく。

残り半分の子供達は手で土を細かくしていた。そして石灰、堆肥《たいひ》、肥料を投入し、土の状態を整えていく。全てが終わる頃には夕方となっており、皆くたくたになっていた。

だが誰もが嫌な顔一つせず、まるで生きる楽しみを得たような表情を浮かべている。

「僕達でもお金を稼げるんだね」

「うん。クマが言ってたね。これで野菜なんかを作って売って……それで生活をしていくって」

何もできなかった自分達が、生きる術を見つけた。子供達は灌漑深く畑を眺め、そして皆で顔を合わせ頷く。

「明日からも頑張ろう。私達ならできるはずだよ！」

「おお！」

「なんだかすごく前向きだね、皆」

あまりにもポジティブな子供達を見て、少し疑問に感じる私。

イドはあくびをして興味がなさそう。するとクマが私のもとに飛んで来て教えてくれる。

「皆の可能性を説いただけなんだけどね」

「可能性か……」

「うん。誰でもやればできる。皆の無限の可能性を良く分かってくれたようだよ」

「それだけでも全然違うよね。さすがクマだよ」

「まさか。僕は大したことないよ」

クマが私の腕の中に着地し、子供達を見ながら言う。

「僕達はリナ様のサポートをしているだけだ。子供達の面倒を見ると言ったサリア。そのサリアの手助けをするリナ様の心が優しいんだよ。僕達はそれに従っただけさ」

「そんな……そんな大したことじゃないよ」

「んなことねえだろ。お前は十分すげーよ。俺だったら絶対見捨ててるもんな」

イドは私から顔を逸《そ》らしながらそんなことを言った。

「優しさが欲しかったら優しくしろって。私はそう教えられただけだから」

私の言葉に、一瞬だけイドが反応する。

「それも、お母さんの教えかい？」

「うん。お母さん、勉強が好きだったから。難しいことは分からないけど、そうやって分かりやすく優しく教えてくれたんだ」

ささやかなことで優しさというのは広がっていくと思う。少し手を差し伸べてあげるだけで、それが誰かを救うことになって、その人の心が癒されて……そういうことの連続なんだと私は今感じてる。

そしてこの子達からまた優しさが伝播していけばいいなと、心から願うばかりだ。

辛いことが多い世の中かもしれないけれど、皆に幸せに生きてほしい。

せめてこの子達や周囲にいる人達ぐらいはそうなるように私は頑張ろうと思う。

それがきっと、自分の幸せにも繋がっていくはずだから。

「きっと大丈夫だよね。子供達も私達も……皆、幸せになれるよね」

「さあ。子供達のことは知らねえよ」

私の隣に立つイドは、子供達の方を見もせずぶっきらぼうにそう言い放つ。でも彼は、突然私の体を後ろから力強く抱きしめ、私の髪に顔を埋める。

いきなり過ぎてビックリして……でも嬉しいやら恥ずかしいやらで胸がドキドキする。私は顔を赤くしてイドに訊ねた。

「ど、どうしたの、イド？」

「ガキらのことなんて俺は知らねえ。興味もねえしどうなろうと知ったこっちゃねえ。でも、お前はあいつらが幸せになれるようにしてやるんだろ？」

「う、うん……そのつもりだよ」

私の鼓動に合わせるように、イドの心臓も高鳴るのが分かる。イドもドキドキしてるんだな……なんて彼の心音を背中に感じながらそんな風に考える私。

「俺はお前を幸せにする。全力で守る。手放すつもりなんてさらさらねえ。だからお前は安心して、あいつらの力になってやれ。リナのやりたいことを妨げるやつは、俺が全部叩き潰してやる」

「イド……ありがとう」

イドはイドなりに子供達のことを考えてくれているのだと思う。直接力を貸してくれるわけではないが、でも子供達を含めて、私達の平穏を守ってくれるつもりなんだ。

私のことを想ってくれてのことなんだろうけど……だけど私以外のことも考えてくれるようになったように思える。今回のことは子供だけではなく、イドにしても良い事なのかも知れないな。

ほんのちょっぴりだけど。誰も気づかない程度の量だけど。イドがまた他人の事を考えてくれる。いつも優しいイドだけど、その優しさが他人に少しだけ向けてくれているのが、言葉にできないぐらい嬉しい。

私の体を抱きしめるイドの手に、私は左手で触れる。彼の薬指には私と同じ指輪があり、指輪と指輪が当たり、小さな音を立てた。

「ずっと一緒にいようね……一緒に幸せになろうね」

私の言葉に返事をしようとするイド。でもこちらを見ていたクマ達が、私達をからかうように口を開く。

「相変わらず、熱すぎるぐらい熱いね、二人は」

「ホンマどすな。熱すぎて熱中症で倒れそうやわ」

「おう！」

顔を真っ赤にするイド。怒っているのか恥ずかしがっているのか。判断できないような表情をしている。でも私から離れようとはしない。ギュッと抱きしめたまま、私に怒鳴るように言う。

「あ、あああ、当たり前だろ！　俺は……お前と一生一緒にいたいんだからな！！」

イドがツンデレデレを見せ、皆が声を出して笑う。やはり私からは離れず、イドは顔を逸《そ》らす。

ポカポカするイドの体。皆の柔らかい笑顔。私の周囲に存在する人達から、無上の愛を感じる。

最悪だと思えた異世界生活。でもイドと出逢って【マイホーム】の力で豊かになって……これ以上ない最高のものを与えてもらった。

幸せは幸せを呼び、広がっていく。子供たちだけではなく、私たちに関わる皆が幸せになってほしい。心からそう願う。

そして私達は離れない。何があってもこれからもずっと一緒のはずだ。一緒に幸せになっていく。

だって私達は――

同じ家《マイホーム》で暮らす、本当の家族なのだから。

新＊感＊覚ファンタジー！

レジーナブックス
Regina

レジーナブックス Regina

華麗に苛烈にザマァします!?

最後にひとつだけお願いしてもよろしいでしょうか1～3

鳳《おおとり》ナナ
イラスト：沙月

第二王子カイルからいきなり婚約破棄されたうえ、悪役令嬢呼ばわりされたスカーレット。今までずっと我慢してきたけれど、おバカなカイルに振り回されるのは、もううんざり！　アタマに来た彼女は、カイルのバックについている悪徳貴族たちもろとも、彼を拳で制裁することにして……。華麗で苛烈で徹底的——究極の『ざまぁ』が幕を開ける!?

詳しくは公式サイトにてご確認ください。
http://www.regina-books.com/

携帯サイトはこちらから！

新＊感＊覚　ファンタジー！

Regina レジーナブックス

Regina レジーナブックス

ヒロインなんてお断りっ!?

うそっ、侯爵令嬢を押し退けて王子の婚約者（仮）になった女に転生？

～しかも今日から王妃教育ですって？～

天冨《あまとみ》　七緒《なお》

イラスト：七月タミカ

気が付くと、完璧な侯爵令嬢から王太子の婚約者の座を奪いとった子爵令嬢になっていた私！　子爵令嬢としての記憶はあるものの、彼女の行動は全く理解できない。だって、人の恋人を誘惑する女も誘惑される男も私は大嫌い!!　それは周囲の人間も同じで、みんな私にも王太子にも冷たい。どうにか、王太子の評判を上げ、侯爵令嬢との仲を元に戻し、穏便に退場しようとしたけれど――!?

詳しくは公式サイトにてご確認ください。

https://www.regina-books.com/

携帯サイトはこちらから！

新＊感＊覚　ファンタジー！

レジーナブックス Regina

レジーナブックス Regina

義兄が離してくれません!!

記憶喪失になったら、義兄に溺愛されました。

せいめ
イラスト：ひづきみや

婚約者の不貞現場を見たショックで自分が前世、アラサー社畜だった記憶を思い出したレティシア。家を出ようと決意するも、焦って二階のバルコニーから落ちてしまう。十日後、目覚めた彼女は今世の記憶を全て失っていた……優しい両親、カッコよくてとびきり優しい兄。お金持ちの家に生まれ、自分の容姿も美少女に！　これから楽しい人生を送るのだと思っていたところ、兄が自分に過保護すぎる扱いをしてきて⁉

詳しくは公式サイトにてご確認ください。

https://www.regina-books.com/

携帯サイトはこちらから！

新＊感＊覚　ファンタジー！

Regina レジーナブックス

レジーナブックス Regina

世界一幸せな脱走劇!?

国王陛下、
私のことは忘れて
幸せになって下さい。

ひかり芽《め》衣《い》
イラスト：カロクチトセ

シュイルツとアンウェイは、お互いを心から愛しながら穏やかな日々を送っている。しかし、なかなか子宝に恵まれず、後継ぎがいないかった。『婚姻五年を経過しても後継ぎがいない場合、側室を迎えて子を儲ける』という当初の約束のもと、とある公爵令嬢が城にやってくる。そして半年後、彼女の妊娠が発覚したのだった。アンウェイは国の未来と皆の幸せを願い、城から姿を消すことを決意して——!?

詳しくは公式サイトにてご確認ください。
https://www.regina-books.com/

携帯サイトはこちらから！

新＊感＊覚　ファンタジー！

レジーナブックス Regina

レジーナブックス Regina

読者賞受賞作!
転生幼女は超無敵!

転生したら捨てられたが、拾われて楽しく生きています。1〜2

トロ猫《ねこ》
イラスト：みつなり都

目が覚めると赤ん坊に転生していた主人公・ミリー。何もできない赤ちゃんなのに、母親に疎まれてそのまま捨て子に……!?　城下町で食堂兼宿屋『木陰の猫亭』を営むジョー・マリッサ夫妻に拾われて命拾いしたけど、待ち受ける異世界庶民生活は結構シビアで……。魔法の本を発見したミリーは特訓で身に着けた魔法チートと前世の知識で、異世界の生活を変えていく！

詳しくは公式サイトにてご確認ください。
https://www.regina-books.com/
携帯サイトはこちらから！

新＊感＊覚 ファンタジー！

レジーナブックス Regina

レジーナブックス Regina

精霊の加護で超ざまあ!?

殿下、お探しの精霊の愛し子はそこの妹ではありません！

～ひっそり生きてきましたが、今日も王子と精霊に溺愛されています！～

Rohdea《ろーであ》

イラスト：しんいし智歩

双子の姉アリスティアは、とある占いのせいで家族から虐げられ、世間からは隠されて育ってきた。しかし、実はアリスティアは精霊たちに愛される『精霊の愛し子』だったため、家族に愛されなくてもへっちゃら。むしろ過激な精霊たちが家族にお仕置きをしようとするのを止めるので大変なぐらいだ。そんなある日、王家が『精霊の愛し子』を捜しているという話が出てきて――？

詳しくは公式サイトにてご確認ください。

https://www.regina-books.com/

携帯サイトはこちらから！

新＊感＊覚ファンタジー！

レジーナブックス
Regina

自由を求めていざ隣国へ！

妹に婚約者を
寝取られましたが、
未練とか全くないので
出奔します

赤丈《せきじょう》聖《ひじり》
イラスト：冨月一乃

可愛がっていた妹に婚約者を寝取られてしまった男爵令嬢のナーナルは、これを機に執事のエレンと家を飛び出した。隣国・ローマリアを目指す途中、貸本喫茶を開きたいと志したのだが、隣国の市場はとある悪徳商会に牛耳られていて、とても参入できる状態ではないのだとか。しかも、その商会の副商長とエレンには因縁があるようで――？　念願の貸本喫茶を開くため、ナーナルは策を練り始める。痛快無比の商会潰し作戦、開始 !!

詳しくは公式サイトにてご確認ください。
https://www.regina-books.com/

携帯サイトはこちらから！

新＊感＊覚ファンタジー！

レジーナブックス Regina

レジーナブックス Regina

若き侯爵の誠実な溺愛

妹と婚約者の逢瀬を見てから一週間経ちました

みどり

イラスト：RAHWIA

結婚一週間前に、婚約者と妹の不貞の現場を目撃してしまったエリザベス。妹可愛さにエリザベスを悪役にしようとする両親に対し、周囲の人間に助けを求め弟の爵位引継ぎを早めることで、どうにか彼女の評判は守られることに。一方、エリザベスの親友の兄であるイアンが、彼女の婚約解消をきっかけに、今まで隠し続けていたエリザベスへの恋心を打ち明けてきて……

詳しくは公式サイトにてご確認ください。

https://www.regina-books.com/

携帯サイトはこちらから！

新＊感＊覚ファンタジー！

レジーナブックス Regina

〝過保護〟は
ご遠慮下さい!

ほっといて下さい 1〜6

従魔とチートライフ楽しみたい！

三園七詩《みそのななし》

イラスト：あめや

目が覚めると、見知らぬ森にいたミヅキ。事故で命を落としたはずだが、どうやら転生したらしい……それも幼女に。困り果てるミヅキだけれど、無自覚チート発揮で異世界ライフは順調に進行中。伝説級の魔獣フェンリル、敏腕A級冒険者、策士な副ギルドマスターに、寡黙な忍者と次々に味方……もとい信奉者を増やしていき——愛され幼女のWEB発大人気ファンタジー！

詳しくは公式サイトにてご確認ください。

https://www.regina-books.com/

携帯サイトはこちらから！

新＊感＊覚　ファンタジー！

Regina レジーナブックス

レジーナブックス Regina

どん底薬師、人生大逆転！

私を追い出すのはいいですけど、この家の薬作ったの全部私ですよ？1〜3

火野村《ひのむら》 志紀《しき》

イラスト：とぐろなす

妹に婚約者を奪われた、貧乏令嬢レイフェル。婚約破棄された挙句、家を追い出されてしまった。彼を支えるべく、一生懸命薬師として働いてきたのに、この仕打ち……落胆するレイフェルを、実家の両親はさらに虐げようとする。――ひどい婚約者も家族も、こっちから捨ててやります！　全てを失ったレイフェルは、新しい人生を始めることを決意。そしてとある辺境の村で薬師として働き始めたら、秘められた能力が発覚して――!?

詳しくは公式サイトにてご確認ください。

https://www.regina-books.com/

携帯サイトはこちらから！

この作品に対する皆様のご意見・ご感想をお待ちしております。
おハガキ・お手紙は以下の宛先にお送りください。
【宛先】
〒150-6008 東京都渋谷区恵比寿 4-20-3 恵比寿ガーデンプレイスタワー８F
(株) アルファポリス　書籍感想係

メールフォームでのご意見・ご感想は右のＱＲコードから、
あるいは以下のワードで検索をかけてください。

アルファポリス　書籍の感想　検索

ご感想はこちらから

本書は、「アルファポリス」(https://www.alphapolis.co.jp/) に掲載されていたものを、
改稿、加筆のうえ、書籍化したものです。

「デブは出《で》て行《い》け！」と追放《ついほう》されたので、
チートスキル【マイホーム】で異世界生活《いせかいせいかつ》を
満喫《まんきつ》します。

亜綺羅もも (あきらもも)

2023年 4月 5日初版発行

編集－本丸菜々
編集長－倉持真理
発行者－梶本雄介
発行所－株式会社アルファポリス
〒150-6008 東京都渋谷区恵比寿4-20-3 恵比寿ガーデンプレイスタワー8F
TEL 03-6277-1601 (営業) 03-6277-1602 (編集)
URL https://www.alphapolis.co.jp/
発売元－株式会社星雲社 (共同出版社・流通責任出版社)
〒112-0005 東京都文京区水道1-3-30
TEL 03-3868-3275
装丁・本文イラストーやこたこす
装丁デザインーAFTERGLOW
(レーベルフォーマットデザイン—ansyyqdesign)
印刷－中央精版印刷株式会社

価格はカバーに表示されてあります。
落丁乱丁の場合はアルファポリスまでご連絡ください。
送料は小社負担でお取り替えします。
©Momo Akira 2023.Printed in Japan
ISBN 978-4-434-31782-8 C0093